山頭火
俳句のこころ
書のひびき

山村曠 文・永守蒼穹 書

二玄社

昭和8年　其中庵の頃の山頭火

一つあれば事たるくらしの火をたく　山頭火

へうへうとして水を味ふ　山頭火

はじめに

自由律の俳句は一般の俳句に比べて、俳句以外の人々にも支持される傾向が濃厚である。それは、さまざまな要因が考えられようが、一言でいって、俳句の範疇を越えて、短い「詩」、所謂「短詩」という要素が多くの人々のこころを捉えるのであろう。

大分以前からであるが、山頭火の所属していた自由律の句誌「層雲」の先輩である尾崎放哉がフランスの詩人たちに熱烈に支援せられているということを聞く。これはもう放哉の俳句が完全にひとつの詩として読まれているからであろう。

山頭火も欧米向けに「Santōka」という書籍が発行され、孤独、lonelinessというこころが外国人のこころを捉えているようだ。

特にその「孤独」を詠んだ

まっすぐな道でさみしい

という句は普遍的に外国人のこころの琴線にも触れて広く愛されているようである。

それは、やはり俳句であるから、自然の嘱目が中心となるのは当然であろう。しかし、その根底に流れるものは所謂「詩」のこころなのである。

山頭火自身も日記のなかで「わたしは詩人」であると自称している。

また一方で、山頭火は禅門に入った僧形であるという事実も見落としてはならないことである。

山頭火は自身のこころの浄化を禅に求めて仏門に入った。

その句には、清貧のこころや知足といった禅的な精神性、大自然の持つすべてのものに対する謙譲と感謝のこころ、自然界の摂理の尊さ、月への癒し、そして他者に対する人間愛、また、一人の人間としての弱さや孤独感や生死観、そして生涯飽くこともなく続いた流れる雲の如き漂泊のこころと。

そういった多様な精神性が現代の我々に一つの清涼剤としての英知と憧憬を与え続けてくれていることは一つの衝撃である。

仏道をならふといふは、自己をならふなり

一方で山頭火の句には自分の愚を吐露した作品も多々見受けられる。おそらくこの道元のことばが根底にあるのであろう。己の真の実相を知り、それを自覚するという意識がこころの浄化に繋がるのであろうか。それは「仏道」でもあり、「文学」のこころでもある。

山頭火は、その類稀なる美意識と感性により多くの作品を世に遺した。その秀句の中から三十四句にしぼって山頭火の多様な世界や精神的な生涯を本書で紹介できれば幸いである。

また、山頭火の句が現代にどのように蘇っているかを検証しつつ、現代書家の永守蒼穹氏による作品を通して、その俳句に新たな光をあて、書と句のこころを味わう一冊になろうことを心がけた。

山頭火は生前十三冊の句集を世に出している。

すなわち、『鉢の子』『其中一人』『行乞途上』『山行水行』『旅から旅へ』『雑草風景』『柿の葉』『銃後』『孤寒』『旅心』『鴉』『遍路行』『一人一草』である。それをまとめて、八雲書林から自選句集『草木塔』として世に出された。

例えば、句集『旅から旅へ』の中に次のような文がある。


昨年の八月から今年の十月までの間に吐き捨てた句数は二千に近いであらう。その中から拾ひあげたのが三百句あまり、それをさらに選り分けて纏めたのが以上の百四十一句である。うたふもののよろこびは力いつぱいに自分の真実をうたふことである。この意味に於て、私は恥ぢることなしにそのよろこびをよろこびたいと思ふ。

とある。二千に近い句から百四十一句に厳選するという裁断に厳しい俳人であることが窺われる。

大山澄太氏は『草木塔』と、そこから漏れた秀句を「自画像」として『落穂集』『層雲集』を加えて、『定本　種田山頭火句集』として彌生書房から出版した。

本書は、山頭火の残した「日記」の中からも、その秀句を選び、併せてその句の精神的背景をも探る関係上、日記や彼の遺した文章なども紹介しつつ、作品鑑賞のよすがともした。

※なお、俳句作品中、現在では差別的表現にあたるものも見受けられるが、文芸作品である関係上、そのまま表記した。御了承賜りたい。

山村　曠

目次

笠へぽつとり椿だつた

（『鉢の子』）

笠に落ちる椿の花

この作品は昭和七年四月四日の日記に書きとめている。九州佐世保から平戸あたりを行乞《ぎょうこつ》していた頃の句である。島には椿が多い。暗い山道を黙々と歩く。網代笠にかすかにあたるものがある。それは椿の一輪である。そしてそれはこぼれてその色彩を道にとどめる。山行行乞の身の者しか経験できない「美」と静寂の発見である。そしてどことなく独行のさみしさが漂う。そのことをなんともほんのりと詠んでいる。

さすがに椿が多い、花はもうすがれたが、けふはじめて鶯の笹鳴をきいた。

（昭和七年四月一日「行乞記」）

網代笠は行乞僧の被りものである。竹や杉や檜などで作られたもので、一般人から顔を隠す意味合いもあるが、厳しい日差しや、雨や霰から身を守る働きもあった。

「層雲」の主宰である荻原井泉水《おぎわらせいせんすい》はこの句を評して、「多分の俳味があり、同時に多分の禅味がある」（「歩くもの」『山頭火を語る』）と述べている。

「俳味」とは、この句にはかすかなユーモアすら感じられることをいうのであろうか。それは笠に落ちる椿であり、山頭火も寡黙な山行行乞の中で、ふと微笑をもらすような一景でもあった

11 椿

のであろう。

山頭火もまた、俳句は「かすかな微笑」でもありたいと述べているが、このことは芭蕉の「軽み」の境地にも通じる世界である。孤独な山行の中でのほっと一息するような自然との関わり方であろうか。

椿を詠んだ句を少しあげてみると、

雨の椿の花が花へしづくして　（「其中日記」）
椿の落ちる水の流れる　（「同」）
おちてはういてたゞよふ　（「同」）
いちりん挿の椿いちりん　（『其中一人』）

などの句も美しく忘れがたい。

雨と水と椿の花のしずくとの構図も山頭火の愛すべき詩情である。水に浮く椿の紅。「花が花へしづくする」という表現も山頭火の独壇場である。


おのれにこもる藪椿咲いては落ち　（『孤寒』）

おとはしぐれか

（『其中庵便り』）

自然の音に耳をすませる山頭火

しみじみと書見などをしているときなど、にわかにぱらぱらと雨音が庭などに走る。ふと手をとめてその「音」に耳を傾ける。その静寂の中の「音」が、やがて「しぐれ」の走る音と気付く。あるいは山行の途中に時雨に遭遇する。それは木々に降る雨音から時雨と気づくのであろうか。「音」から入るところが斬新である。人は無技巧の技巧というけれど、この無技巧の技巧には類稀なる奥行きがある。

曇、それから晴、いよ〳〵秋がふかい。
朝、厠にしやがんでゐると、ぽと〳〵ぽと〳〵といふ音、しぐれだ、草屋根をした､るしぐれの音だ。
　おとはしぐれか
といふ一句が突発した、此君楼君の句（草は月夜）に似てゐるけれど、それは形式で内容は違つてゐるから、私の一句として捨てがたいものがある。

（昭和七年十月廿一日「其中日記」）

実際この句が突発したのはこういう背景があったらしい。小郡の其中庵《ごちゅうあん》に入って丁度一ヶ月

おとゝしは
けふ

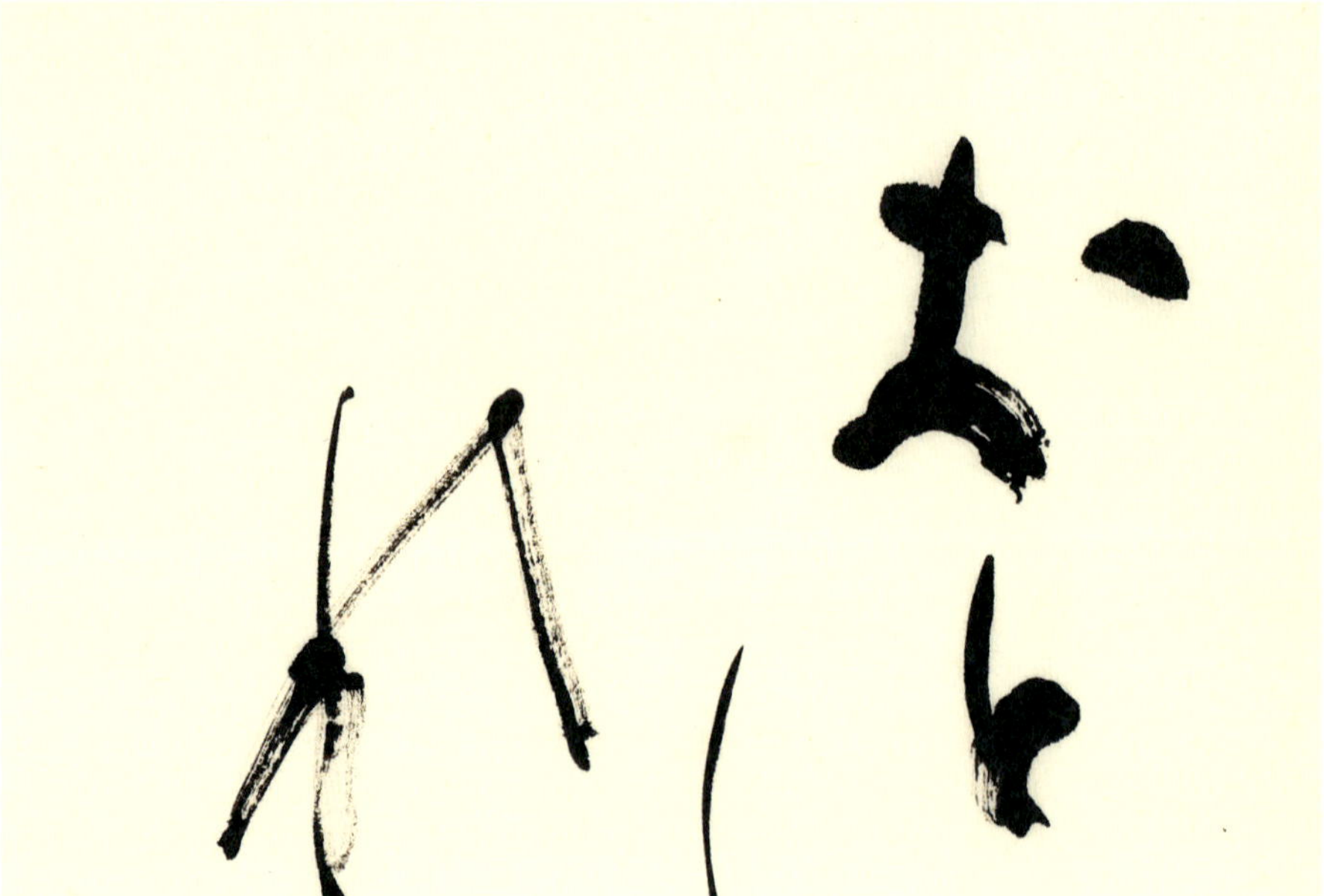

ぐらいたったある日の句である。
山頭火自身も「捨てがたいもの」といっているが、従来の俳句にない新鮮な一句となっている。

しぐれはまことによろし、枯れてゆく草のまことにうつくし。

（昭和十一年十一月七日「其中日記」）

しぐれを愛する山頭火の静謐な音の世界である。山頭火はこんなことも言う。

軽く詠うて深く感じさせる。

（昭和十三年七月卅日「其中日記」）

このつぶやきにも似た素朴でシンプルな表現の奥には深い奥行きがある。山頭火は「音」についてこんなことをいっている。

音をたゞ音として聞け。こだはるな、こだはるな、こだはるな、一にして一切、一切時一切処に於て無罣礙

（昭和十四年十二月七日「四国へんろ日記」）

「無罣礙《むしゅげ》」とは自由自在でこだわらない、という意味合いであろうが、そういった「禅的」な思想背景はともかくとして、「音をただ音として聞け」ということばの奥には、作ろうとする作意を極力おさえて句にすることが、かえって微妙な自然界の移り変わりに自己を没入させることになるのであろう。形としてはごく「素朴」で「シンプル」なイメージであるが、作者の人間がその奥処《おくか》に見えて、こころを捉える一句となっている。

「感覚を通して魂へ」（ヘルマン・ヘッセ）

感覚の中に魂を。——

（昭和十三年九月六日「其中日記」）

と山頭火は記す。しぐれが魂へ響いてくる音なのであろう。
彼はまた、この「音」ということについて芭蕉の句を次のように記している。

古池や蛙とびこむ水の音
――蛙とびこむ水の音
――――水の音
――――――音
（昭和十三年十月四日「其中日記」）

芭蕉翁は聴覚型の詩人、音の世界。

聴覚を研ぎ澄ます。「おとは」「しぐれか」という表現は山頭火風にいえば、「音をただ音として聞け」という発想に繋がってゆくものなのであろうが、約まるところ、自然の持つ命に耳を傾けよということなのであろう。山頭火の俳句は句形の短さも斬新であるが、あきらかに従来の俳句とは一線を画しているといえようか。

自然現象の「しぐれ」を無礙自在に感知するとは「音」のみに耳を先行させることであり、「私」を極力句の表面に出さないことなのである。しかし、そのことにより一層山頭火の「私性」がにじみでてくるから不思議である。

山頭火が掲げた芭蕉の「古池や……」の句が、時代の差異も考えられるが妙に古めかしく思われてならない。山頭火の「おとはしぐれか」は、俳句を越えて「詩」になっているからであろう。

昭和七年の十月廿四の日記に、こんな記事も見える。

時雨を聴く（音の世界、いや声の世界）、私の境涯。

しぐれては百舌鳥のなくことよ
しぐれてきた裏藪に戸をしめる
しぐれる落葉はそのまゝでよし

己の境涯としぐれを一体化し、しぐれの音を耳とこころで聴いている。

分け入つても分け入つても青い山　（『鉢の子』）

山に入る山頭火

この句は大正十五年に「層雲」に発表した句である。

大正十四年熊本の報恩寺で出家得度した山頭火は、同県植木町の味取りの観音堂の堂守となり、その約一年後、行乞流浪の旅に出た。

「大正十五年四月、解くすべもない惑ひを背負うて、行乞流転の旅に出た。」とこの句の前書きにあるように「孤独と虚無感」を抱いた行乞の旅であったようだ。

大正十五年、山頭火は一人居の孤独に耐え切れず、味取観音堂を後にした。

あはたゞしい春、それよりもあはたゞしく私は味取をひきあげました、本山（注＝越前永平寺）で本式の修行をするつもりであります。

出発はいづれ五月の末頃になりませう、それまでは熊本近在に居ります、本日から天草を行乞します、そして此末に帰熊、本寺の手伝をします。

（大正十五年四月十四日　木村緑平宛ハガキ）

それは、当初は禅宗の総本山である永平寺で本格的な禅の修業を志していたが、足は九州方面の行乞行脚の旅となった。やはり捨てがたいのは俳句であり、自由への憧憬であり、禅的には

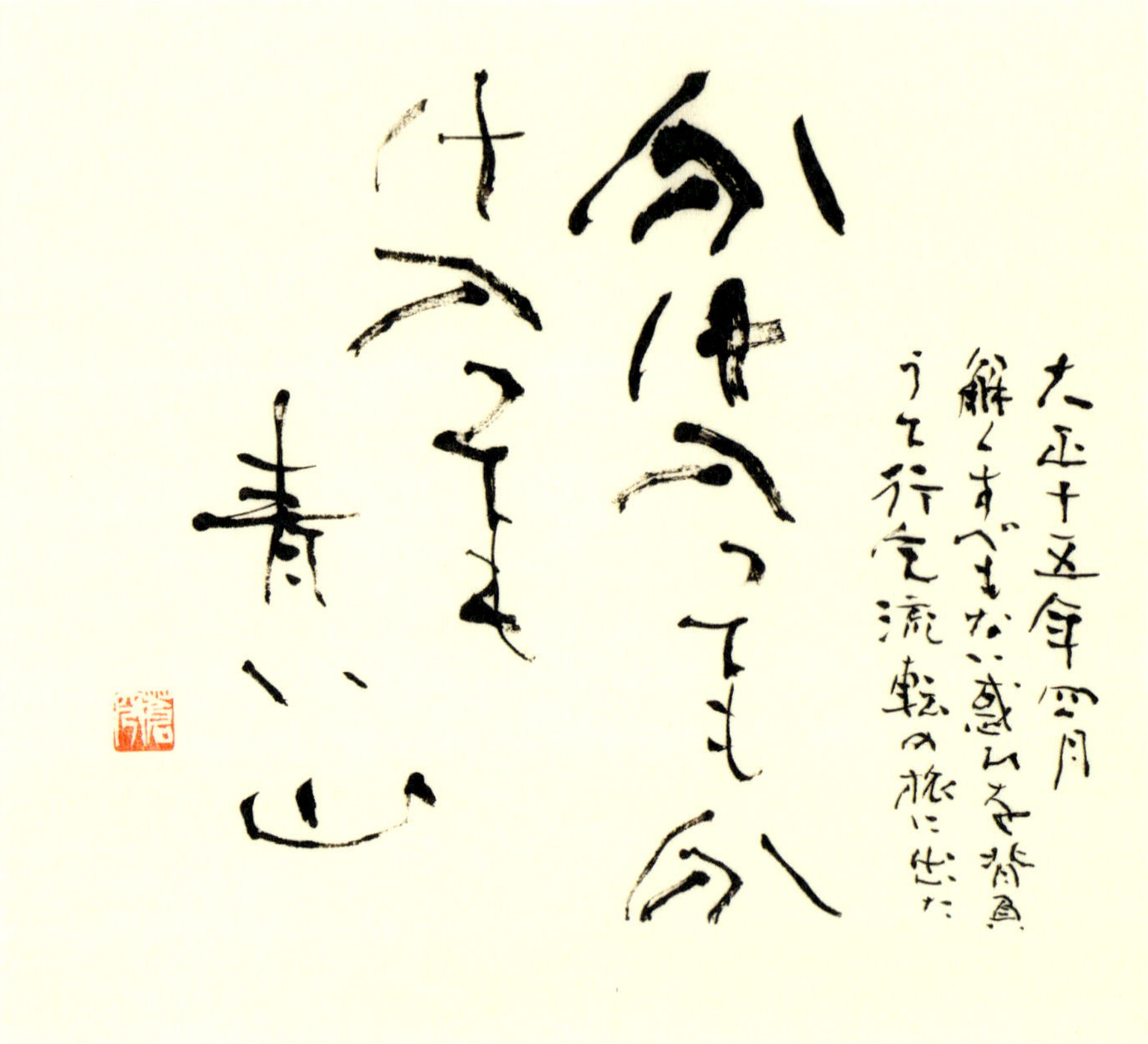

大正十五年四月
解くすべもない惑ひを背負うて行乞流転の旅に出た
分け入つても分け入つても青い山

「徒歩禅」という道を選んだのである。この句は馬見原、高千穂と分け入った時の句である。一方で、自分を禅門に導いてくれた熊本の報恩寺の恩師望月義庵老師を訪れる旅でもあった。

禅門に入ったが山頭火は俳句からは生涯離れることはなかった。こころの浄化を求めての出家得度であったが、山頭火の中では、禅僧としての自分と俳人としての文学者である自分との葛藤であったともいえる。緑平宛の葉書には本山で修行する旨をしたためていたが、ふんぎりがつかなかったのであろう。

禅宗では坐禅よりも行乞《ぎょうこつ》を重んじる。それは「徒歩禅」として人家の戸口に立って布施を乞うものである。それを日々の糧とする。「解くすべもない惑ひ」とは、宗教人になりきれぬ自分と、また絶ちがたい俳句への思いと、酒の魅力や自己の精神的な脆弱さとが、味取観音堂での独居の孤独とあいまって、精神的に煩悶を募らせていったことなどを表わしているのであろう。そういった「惑い」を解こうとする山行行乞の旅でもあった。

> 黙々として山また山を越える――孤独の寂しさと安けさとを感じすぎるほど感じます。かうして歩きつゞけて、どうなるのか、どうしやうといふのか、どうすればよいのか――ただ歩くのであります。歩く外はないのであります――歩くこと、それだけで沢山でありませうか。
>
> （随筆「旅より」）

この述懐が「分け入っても」の精神的背景であろう。

解くすべもない生の惑いを「歩く」という行為に求めること、それは言い知れぬ徒労に満ちた行為であるかもしれぬ。しかし、ただ歩く行為にしか己の世界はないと自己を律してゆく。「分け入つても分け入つても」「青い山」ばかりが連なって自己の煩悶は解くべくすべもない。だが、一方で青く連なる山々はかすかな安らぎを感じさせてくれる。それは山並みを仰ぎながら歩くという行為の持つ開放感と安けさである。山頭火は私は海よりも山を愛するとも語っている。

山頭火の句にはその作品とこころの距離に「嘘《きょ》」がない。青い山に分け入ってもこころの煩悶は解けることもない。ただ、「歩く」という行為そのものが、こころを解放してくれる。人は現実から離れて旅に出、山の稜線を歩くことを夢見る。ただ、歩くことだけで何も考えず自然の中に身をゆだねる。この句はそういった孤独と放逸感の両面をかかえていて、こころに残る句となっている。そして青い山は泰然として、何もいわず、ただ眼前に広がるばかりである。

また山頭火はリズムということを大切にする。この場合は「分け入つても分け入つても」のリフレーンのリズムであるが、内面の倦怠感の一方でこの句にある種の軽やかさとのびやかさを与えている。

彼はリズムについてこう語っている。

素材を表現するのは言葉であるが、その言葉を生かすのはリズムである（詩に於ては、リズムは必然のものである）。
或る詩人の或る時の或る場所に於ける情調（にほひ、いろあひ、ひゞき）を伝へるのはリズム、――その詩のリズム、彼のリズムのみが能くするところである。
（昭和十一年十二月三日「其中日記」）

かうして旅する日日の木の葉ふるふる

あてなくあるくてふてふあとになりさきになり
もりもりもりあがる雲へ歩む

ここには漂泊の持つ自由さと言い知れぬ開放感がある。それは心地よいリフレーンの持つリズムと対句により、旅するこころの高揚が一つの音楽性をもって響きあうのである。

この「青い山」の句は、大正十一年一月から「層雲」誌上から姿を消し、七年間の沈黙を破って「層雲」に発表した復活の作品である。

「層雲」の同人達は山頭火の境涯から生まれた人間味あふれる句に強い衝撃を与えられた。特に荻原井泉水は、山頭火の変貌に深い理解をしめした。


分け入つて見ても、青い山ばかり、又、分け入つても青い山ばかりだといふ、この句には一脈のさびしさがある。足は人間の世界に反こうとして歩いてゐるけれども、心は却て人間の世界を求めてゐるやうな、自分の心境の中にある矛盾を感じてゐる。悟りきつたとは蓋し反対なる、悟りきれないもの、……（中略）此の分け入つても分け入つてもに出てくる、青山青山青山なのだ。そこに山頭火がある、そこに山頭火の句があると云つてよろしい。

（「歩くもの」『山頭火を語る』）


とこの句の持つ「解しきれない惑い」を抱く人間性に深く迫っている。

現在、この句は山頭火の代表ともなる作品として宮崎県の高千穂町の高千穂神社の裏参道に句碑が建てられている。

竹

空へ若竹のなやみなし　（『雑草風景』）

山頭火の苦悶、禅門への道

この句は、自然のなかで竹が空に向かって伸びてゆくさまに自己の生の苦渋を投影させた一句である。伸び伸びと生育してゆく若竹への羨望。「なやみなし」に作者の人生への煩悶があるのであろう。

山頭火の持つ苦渋とは何なのであろうか。また、どうして山頭火は禅門に入ったのであろうか。

最初の不幸は母の自殺。
第二の不幸は酒癖。
第四《ママ》の不幸は結婚、そして父となつた事。
（昭和八年二月十八日「其中日記」）

と彼は言う。

山頭火が禅門に入った具体的な契機は、熊本市の路面電車を酔態の愚行であったのか、はたまた自殺行為であったのか、その前に仁王立ちになり電車を止め、一命はとりとめたものの、彼は知人により、禅寺の報恩寺にかつぎ込まれたことである。

このことが発端となって、そのまま報恩寺住職、望月義庵のもとで、大正十四年に出家得度す

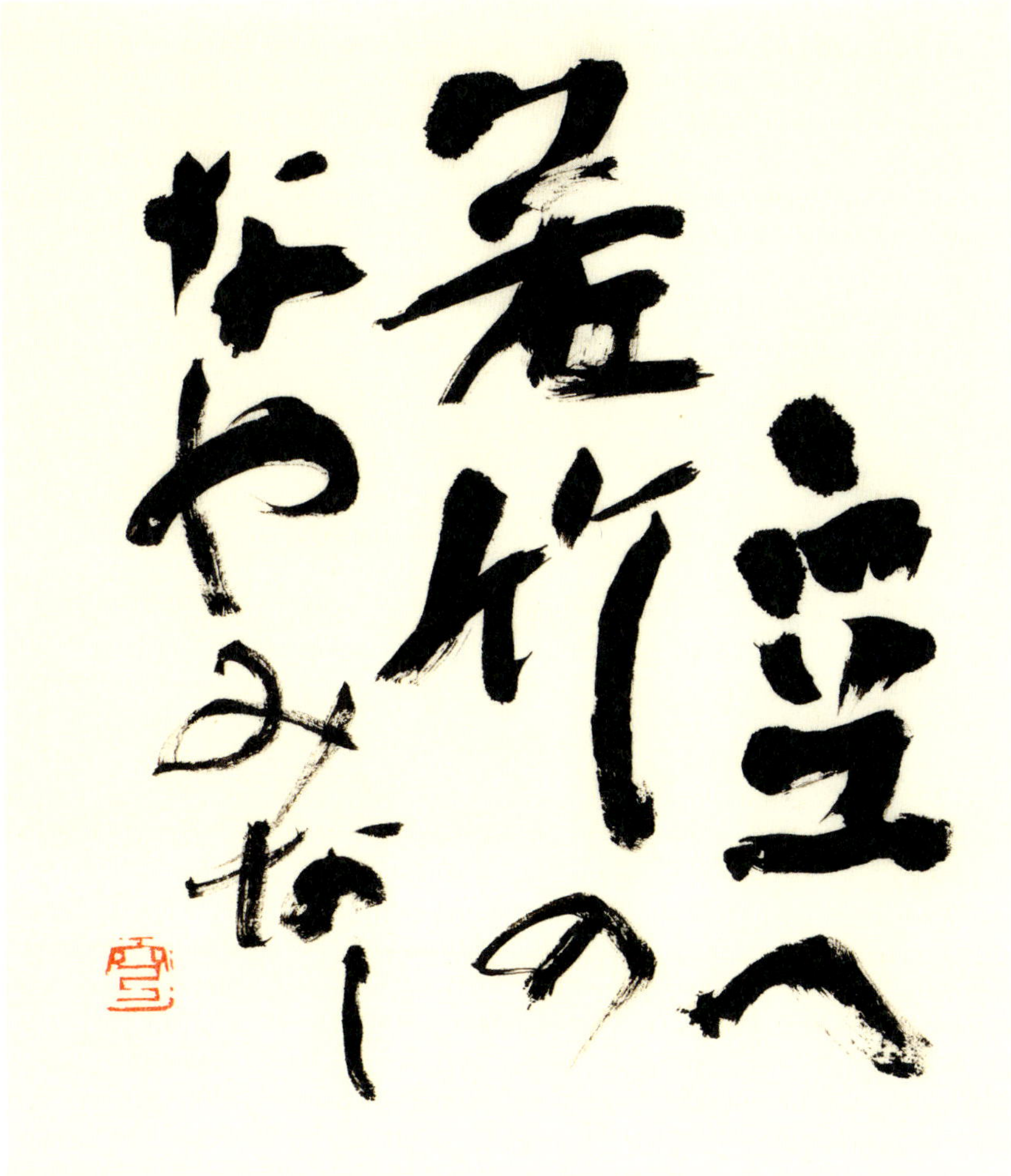

23 竹

ることになる。山頭火四十四歳、すでに妻も子もある身であったのであるが――。

「最初の不幸は母の自殺」。

父竹次郎の放蕩を苦に病んで、幼い山頭火を残して井戸に身を投げた美しい母。山頭火十一歳の時のことである。

「第二の不幸は酒癖」。

「大種田《おおたねだ》」と言われた酒造業の家業は母の死を契機に次第に没落していった。成人して、早稲田大学に身を置いていた山頭火は経済的破綻と精神的な衰弱により、大学を中途退学し、山口に帰郷するも、家業に身を入れることもなく、酒癖に溺れ、読書三昧に耽る毎日であったという。

「第四の不幸は結婚、そして父となつた事」。

そんな息子をみかねて、父竹次郎は、強引にも明治四十二年、山頭火二十八歳の時、佐藤サキノとの結婚をすすめ、二人は結婚して一人息子である健を儲ける。だが、その原因は山頭火にあるのであるが、その結婚は不幸なものであった。やがて家業も倒産。逃げるように妻子を連れて熊本に落ちてゆく。

元々、山頭火は結婚を断る理由として、禅寺の僧になることをしばしば口にし、若くして漠然とした「出家願望」が内にあったと伝えられている。山頭火の社会や家庭にとどまれない浮遊感の根底には、母に見捨てられたという意識と同時に母の運命を悲しむこころとが交錯しているのであろう。そのことが一つところに身を置くすべもなく漂泊の旅にかりたててゆくのであろうか。

しかし、こういう人間を夫にもった妻は不幸である。山頭火は結婚後も妻子を熊本に残し、東京を転々とする。こんな山頭火の行状に妻の兄から離婚を迫られ、ついに戸籍上は離婚することになるのであるが、妻のサキノは熊本を去らず、ささやかな額縁屋の店を守って健を育て、山頭火との関係も続いていたようだ。大正九年の頃のことである。

山頭火自身にも、自分自身のことが性格破綻者であるという意識が根底にあった。結婚も子供を持ったことをも不幸と思うことは、社会生活の枠組みには相容れられず、漂泊の人生を歩むしかなかったのである。

そして、一方では山頭火にとっての禅門とは性格破綻者的な己のこころを浄化する場でもあった。それは己の魂の浄化であり、捨身懸命の精神的修行を「禅」に求めたのである。そうして「一所不住」の行き方しか自分のとるべき道はなかったのであろう。

我昔所造諸悪業
皆由無始貪瞋癡
従身口意之所生
一切我今皆懺悔

今日今時、我と我が罪過を悔い悪行を愧ぢて、天上天下、有縁無縁、親疎遠近、一切の前に低頭し合掌す、願はくは此真実を以て皆共に仏道を成ぜんことを。

昭和七年十二月二十四日　　耕畝　九拝

（昭和七年十二月廿三日「其中日記」）

とその日の日記に記し、己の過去一切、己の諸悪行、己の身口意すべてを懺悔し、仏門に精進する。己の過去の破滅型体質を仏道により浄化する決意をここでは強く述べている。耕畝とは出家得度した山頭火の法名である。

人間的煩悩を離脱して、本来の「愚」に帰すること。いいかえれば、山頭火自身の持つ己の「愚」を意識することであろう。

こういった精神的苦悩を経てきた山頭火にとって、空に向かって伸びてゆく若竹は眩しいばかりの生の姿として目に映る。「なやみなし」とは人間苦を超越した「空」と「遊化」の世界である。

私は私に籠る、時代錯誤的生活に沈潜する。『空』の世界、『遊化』の寂光土に精進するより外ないのである。

（随筆「私を語る」）

空へ若竹のなやみなし

という句は、背後に山頭火の精神的な苦悩を映し出した境地であろうが、我々煩悩に生きる者にとっても、ある種のさわやかさを与えてくれる普遍性を内在している一句でもある。

この句は山頭火五十四歳の頃、其中庵での独居の寂しさに耐え切れなかった頃の作品。

「やつぱりひとりはさみしい。」ということばのあとに、

こゝろ澄めば月草のほのかにひらく
てふてふとまる花がある
空へ若竹のなやみなし

（昭和十年五月一日「其中日記」）

ほか五句をしたためている。山頭火もこの句を愛したものらしく、多くの揮毫を世に残している。

ほろほろ酔うて木の葉ふる　（『鉢の子』）

微酔の酒

「第二の不幸は酒癖」と自戒しても、山頭火は終生酒を断つことはできなかった。しかしこの「ほろほろ」には微酔の駘蕩とした趣がある。その酔いと木の葉のふる状態が「ほろほろ」となる。山頭火が最も理想とする酔いかたである。

ほろ〳〵酔うた、微酔の気地《マヽ》は何ともいへない、しかしとかく乱酔泥酔になつて困る、

（昭和五年十一月七日「行乞記」）

と自戒する。

荻原井泉水もこの句を山頭火の秀句の一つとして挙げている。

斯ういう句こそ山頭火の真骨頂といふて然るべきである。

――ほろほろ酔うて木の葉ふる――

ここに至ると、ほろほろと酔うたものが木の葉なのか、ほろほろと風に戯れるものが己れなのか、主であり且つ客であり、客であり且つ主であり、彼であり且つ我であり、我であり且つ彼であり、実に渾然としたところに帰入してゐる物心融合の妙味がある。

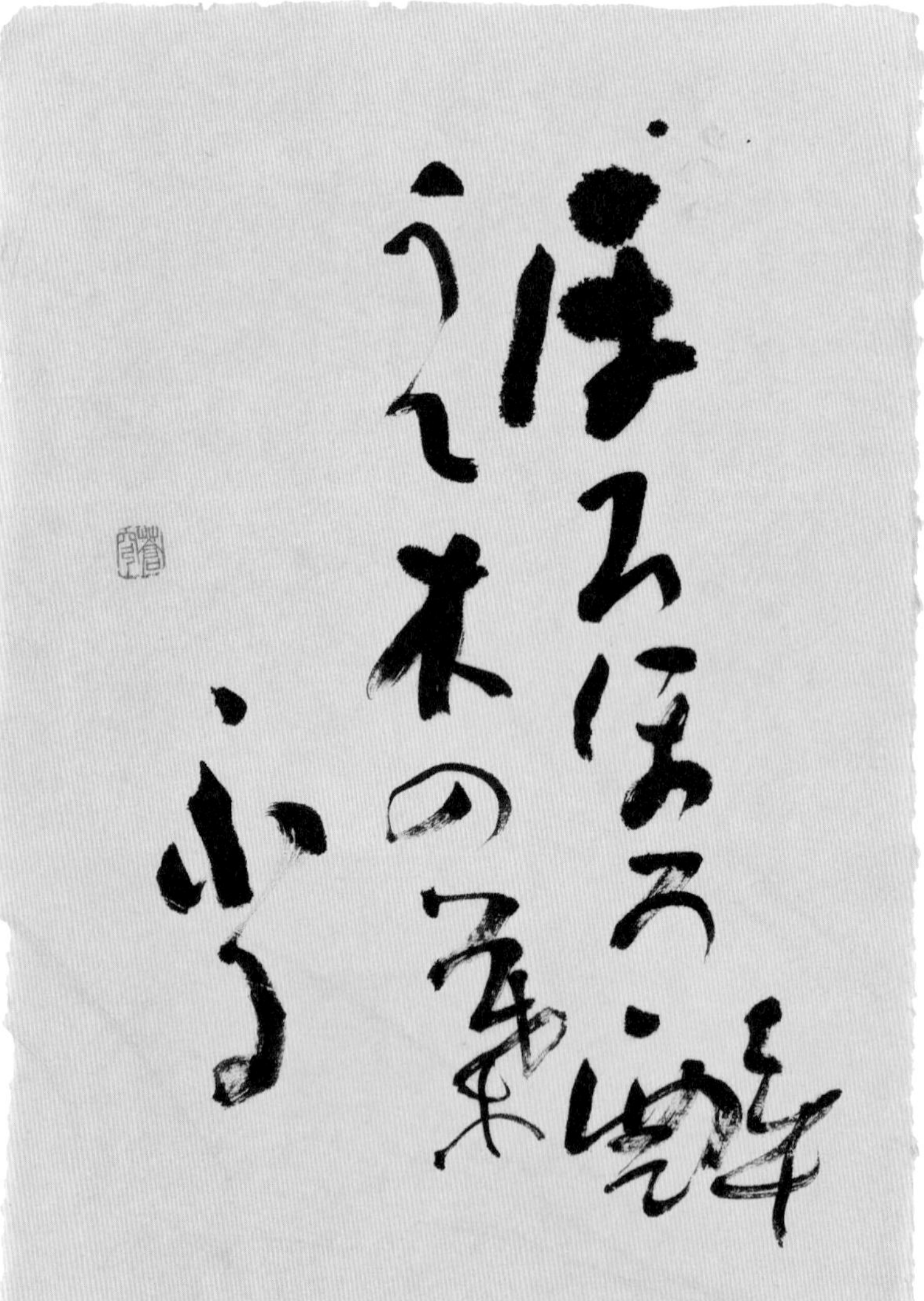

微酔と木の葉との「ほろほろ」とした渾然一体となった句の境地が、この選後評で言い尽くされている。

（「歩くもの」『山頭火を語る』）

この句は句集『鉢の子』に収められ、現在、山口の湯田温泉に句碑が残されている。

類句に、

なみのおとのさくらほろほろ

（「其中日記」）

この句も山頭火の酔いとさくらをかさねた、ひらがなばかりのリズムのある流麗な句である。この「ほろほろ」は「酔い」と「波音」と「さくら」の散るさまとも重ねた。

酒のうまさを知ることは幸福でもあり不幸でもある、いはゞ不幸な幸福であらうか、

（昭和五年十月一日「行乞記」）

と山頭火はいう。そうして、「一杯二杯三杯で陶然として自然人生に同化するのが幸福だ」ともいう。

この「ほろほろ」あたりがほろ酔いのよさであり、その状態が波の音に誘われるように散るさくらのさまと重なっているあたりが秀逸である。まさに自然と同化している幸福であろう。

山頭火は酒と自然や人生との同化を禅僧らしい「偈」で遺している。

春風秋雨　花開草枯

自性自愚　　歩々仏土
酔来枕石　　谿声不蔵
酒中酒尽　　無我無仏

この漢詩は昭和五年十一月十六日、九州の由布院や湯口温泉を経て、一年ぶりに同人の中津の味々居を訪ね、句会などを催し、味々居に連泊した際にしたためたものである。

おもひでがそれからそれへ酒のこぼれて
酒がやめられない木の芽草の芽
雨音のしたしさの酔うてくる
はれ〲酔うて草が青い
風のなか酔うて寝てゐる一人

酒を詠んで、なんとも人間的な味わいのある一連の句である。酒から離れられない山頭火の人間性に、ある種の親しみを感じさせるものである。

ふるつくふうふう酔ひざめのからだよろめく　（「行乞記」）

「ふるつくふうふう」はふくろうの侘しい鳴き声か、それぞれ味わい深い山頭火の酒の句である。

酔うてこほろぎと寝てゐたよ（『鉢の子』）

漂泊と酔いとこほろぎと

この句もまた、山頭火の代表句と称される「酔い」の句である。

日記に、「酔中野宿」として五句書きとめた句の一つ。

　　酔うてこほろぎといつしよに寝てゐたよ

後に、

　　酔うてこほろぎと寝てゐたよ

と、「訂正二句」として十月九日の日記で改めている。句集『鉢の子』では訂正句を選んでいる。

後の日記の中で、

　　床になくこほろぎ橋を横にみてゑひたふれたるねこごちのよさ

と、先人の歌を書きとめたりしているが、俄然この山頭火の句は精彩を放っている。

この句は山頭火が行乞をして、目井津の末広屋に宿泊していた頃の作品である。その前日の飲みすぎて野宿してしまった日のことを句にしたためた。


　雨かと心配してゐたのに、すばらしいお天気である、そこゝ行乞して目井津へ、途中、焼酎屋で諸焼酎の生一本をひつかけて、すつかりいゝ気持になる、宿ではまた先日来のお遍路さんといつしよに飲む、今夜は飲みすぎた、とう〳〵野宿をしてしまつた、その時の

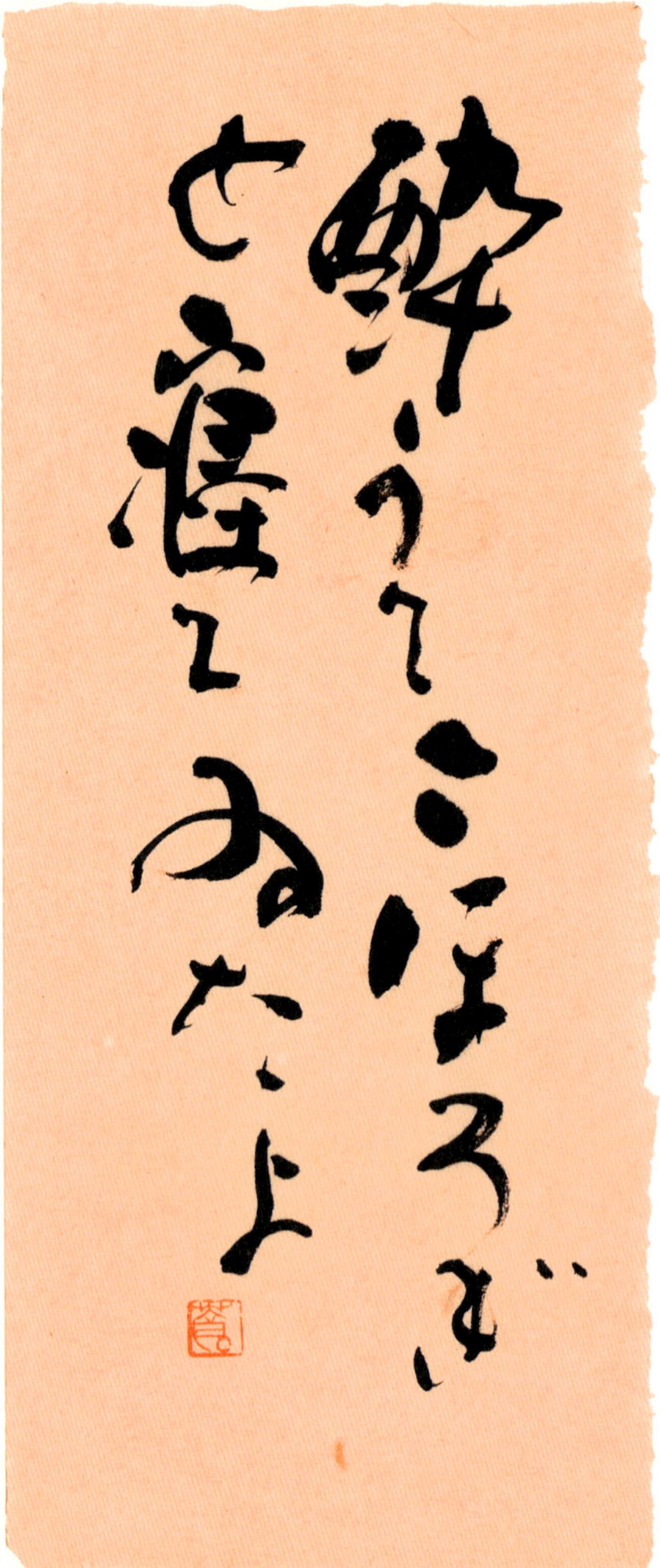
酔うてこほろぎ
と寝ていたよ

句を、嫌々ながら書いておく。（昭和五年十月七日「行乞記」）

油津や目井津は海の美しい港町である。同日記に「海はとろとろと碧い、山も悪くない、冬もあまり寒くない、人もよろしい」と記している。「嫌々ながら」と山頭火は言っているが、この句は山頭火も気にいっていて多くの揮毫を遺している。酔いつぶれて、こおろぎの声を聞くともなしに聞きながら、野宿している山頭火の人生と漂泊のこころである。

無駄に無駄を重ねたやうな一生だつた、それに酒をたえず注いで、そこから句が生れたやうな一生だつた。（昭和十一年十二月十四日「其中日記」）

と山頭火は語る。酒と句。このことだけが生涯彼にとって手放すことはできなかった。山頭火はこの酒と句についてしみじみ述べている。

酒と句、この二つは私を今日まで生かしてくれたものである、若し酒がなかつたならば私はすでに自殺してしまつたであらう、そして若し句がなかつたならば、たとへ自殺しなかつても、私は痴呆となつてゐたであらう、まことに、南無酒菩薩であり、南無句如来である。（昭和八年七月廿六日「其中日記」）

それほど酒と句を愛したのである。

「層雲」の同人達もこの山頭火のこころを温かくみつめて理解を示していたようだ。

昭和五年十一月、中津の味味居に宿泊した夜、

寝酒したしくおいてありました　（「行乞記」）

という句をつくり、友の好意にひとり涙する山頭火である。

へうへうとして水を味ふ　（『鉢の子』）

岩の上からしたたる水、そして樋をあふれる水を飲む

山頭火の句には「水」を詠んだ句が多い。それは、酒から水の境地へ入る心境である。山頭火は第二句集『草木塔』の自序に次のような言葉を書きとめている。

水と酒と句（草木塔に題す）――（山頭火第二句集自序）――

私は酒がすきなやうに水が好きである。これまでの私の句は酒（悪酒でないまでも良酒ではなかつた）のやうであつた、これからの私の句は水（れいろうとしてあふれなくてもせんせんとしてながれるほどの）のやうであらう、やうでありたい。この句集が私の生活と句境とを打開してくれることを信じてゐる、淡として水の如し、私はそこへ歩みつゝあると思ふ。

（昭和八年七月十六日「其中日記」）

とその心境を述べている。

酒から水の境地へ。流れる水の如き生をゆく。人間的な鎧をさっぱりと脱ぎ捨てた果ての洒脱な精神が、本来、水が持つそのものの味を無心に「へうへうとして」味わうのである。

この日は九州四国第三十番である東油山観世音寺を拝登した時の山の水をいただいた時の記述。山頭火自身もこの句を愛し、自分の生をも重ねた一句として大切にしていたようである。この

35 水

句は句集『鉢の子』に収められた句であるが、「層雲」の荻原井泉水はこの句を見て、

水を飲むのではない、水を味わうのだ。身はへうへうとして風の如くさうした境涯になりきつてこそ、山の肌からこんこんと滴るところの水が味はれるのだ（中略）この水の味を知るもの、きはめて稀である。須く珍重すべし。

（「歩くもの」『山頭火を語る』）

とその俳境に深い理解をしめしている。

この「へうへうとして」という言葉には俗事から解放された恬淡とした趣がある。この「へうへうと」の句もやはり背景に禅の精神があるのであろう。山頭火自身も語っている。

禅門——洞家には『永平半杓の水』といふ遺訓がある。それは道元禅師が、使ひ残しの半杓の水を桶にかへして、水の尊いこと、物を粗末にしてはならないことを戒められたのである。（中略）物に不自由してから初めてその物の尊さを知る、といふことは情ないけれど、凡夫としては詮方もない事実である。海上生活をしたことのある人は水を粗末にしないやうになる。水のうまさ、ありがたさはなか〳〵解り難いものである。

へうへうとして水を味ふ

（随筆「水」）

山頭火はその禅の精神を咀嚼して、山行行乞の中からその水のうまさ、尊さを知り、自身の文学として表現してゆくのである。

岩かげまさしく水が湧いてゐる

（『鉢の子』）

特に山行行乞の途中、岩間からほとばしる清水を口に含む時、水のありがたさはひとしおのものがあったのであろう。

岩かげまさしく水が湧いてゐる

そこにはまさしく水が湧いゐた、その水のうまさありがたさは何物にも代へがたいものであつた。私は水の如く湧き、水の如く流れ、水の如く詠ひたい。

（随筆「水」）

分け入れば水音　（『鉢の子』）

鬱蒼とした山道を分け入ってゆくと突然豊饒な水音に驚かされる。その水音に導かれるように道を辿ってゆくと眼前に岩間を滑る白布の水に出くわす。まさに一つの驚きである。

飲みたい水が音たててゐた　（『旅から旅へ』）
水音しんじつおちつきました　（『其中一人』）
こんなにうまい水があふれてゐる　（『行乞記』）
こころおちつけば水の音　（『柿の葉』）

山行水行の雲水としての山頭火の精神そのものが、この自然界の水をいただくというよろこびに結実されて胸を打つ。

水のいろの湧いてくる（「行乞記」）

水のいろの湧いてくる

この句もまた「水」を詠んだ句で、筆者の好きな句の一つである。感覚的に水を得た感動を表現していてあまりある。
湧いてくる水の色は本来は透明なものであろう。それを「水のいろ」と表現することが、かえって澄んだ水の美しさを湛えている。山頭火の句は表現は簡潔であるのに深くこころにとどまる。それは彼特有の感性の深さからくるものであろうか。
川床から湧き出してくる透明な水はいわば、仏の賜物である。自然界の恵みであるこの美しい水に感動するこころがまた己のこころの浄化ともなってくる。

一方で「水」を詠んで、物悲しい句も散見する。その孤独感を「水」で表現する。

水に影ある旅人である（『鉢の子』）
水のんでこの憂鬱のやりどころなし（「行乞記」）
とつぷり暮れて音たてて水（「其中日記」）

川面の水に一人の影を落とす寡黙な旅人。そこには人間としての憂鬱や悲しさや孤独が胸のう

39 水

ちを去来する。

放浪のさびしいあきらめである。それは水のやうな流転であつた。

（随筆「水」）

水もさみしい顔を洗ふ

（随筆「三八九居から」）

この句は、己の人間としての孤独を「顔を洗ふ」という行為でまぎらわそうとするさびしさを表現して、胸を打つ。

それは漂泊というもの自体のもつ避けがたい一面である孤独のこころである。何かを求めてさまよい続ける水のような流転のこころであろう。

寒山の路、拾得の箒

酒も水もない世界、善悪、彼我、是非、利害のない世界、個も全もない世界。

それが極楽であり浄土である、いはゆる彼岸である。

水を酒とするのでなくて、酒が水となつた境地だ、酒は酒、水は水だけれど、酒と水とにとらへられない境涯、酒と水とに執しない生活だ。

こゝから、俳句、私の欣求する俳句は出てくる、私はさういふ俳句を作らうと念じてゐる。個から出発して全に到達する道である、個を窮めて全を発見する道である。

我心如秋月——と寒山拾得は月を見て笑つてゐる。

（昭和九年五月三十一日「其中日記」）

「酒と水にとらへられない境涯」「酒と水とに執しない生活」。最も執着するものをあえて放下するこころであろう。

またこの引用文は山頭火の俳句に対する姿勢をも語っている。「個を窮めて全を発見する道」とは、山頭火の「己」である「個」を極めることが、全に普遍することを述べているのである。例えば、さびしさの為にひっそりと顔を洗う「個」の行為が、人間の孤独という「全」に普遍してゆくこころである。

俳句ほど作者を離れない文芸はあるまい（短歌も同様に）、一句一句に作者の顔が刻みこまれてある、その顔が解らなければその句はほんたう解らないのである。

（昭和十二年六月七日「其中日記」）

山頭火の句の魅力は、作者の顔、すなわち作者の「人間性」が我々のこころを捉えて離さないところにある。すなわち、自分自身を詠っているのである。そのことが本来の「詩心」であろう。

水にそうていちにちだまつてゆく　（『遍路行』）

まったく雲がない笠をぬぎ

（『鉢の子』）

漂泊の持つ開放感、放たれたこころ

放浪の旅の中での一句。昭和五年、九州宮崎あたりを行乞した頃の作品である。

ほんとうに秋空一碧だ、万物のうつくしさはどうだ、秋、秋、秋のよさが身心に徹する。

まったく雲がない笠をぬぎ

（昭和五年十月廿六日「行乞記」）

山頭火の漂泊の姿は網代笠と法衣というかたちであるが、そのなかに詩人としての山頭火が存在する。網代笠の本来の役目は、直射日光や、風雨を避ける目的であろうが、行乞の際には一般人から顔を隠す目的もあったのであろう。

清澄に晴れ渡った雲ひとつない秋空である。こんなうつくしい万物を前にしては、笠などかぶってはおられない。周囲に遠慮することもなく、自ずと自然界に己の顔を晒すのである。笠をぬぎ、こころゆくまで秋を満喫する。のびのびとした放たれた一句となっている。

隠栖めいた山頭火でなく、笠を脱いだ明るい山頭火の磊落性を素朴に表現していて秀逸である。そうして行乞の中でのふと生身の人間性が蘇る山頭火の姿である。なお、この句は熊本の大慈禅寺の境内に句碑が建立せられている。

まつたく雲
がない笠を
ぬぎ

※

山頭火は行乞についてこのようなことを述べている。


山行水行はサンコウスイコウとも或はまたサンギョウスイギョウとも読まれてかまはない。

歩くことが行ずることに外ならないからである。

（句集『旅から旅へ』後記）


「歩くことが行ずることに外ならない」。禅宗では行乞のことを「徒歩禅」として尊ぶことは前にも述べたが、「坐禅」と並ぶ徒歩による「禅」である。


無芸無能の私に出来る事は二つ。

二つしかない。

歩くこと——自分の足で。

作ること——自分の句を。

私は流浪する外ないのである——

詩人として、

（昭和十四年八月二十七日「風来居日記」）


禅僧としての「徒歩禅」のほかに、詩人として「句」をつくること。芭蕉や西行が死を賭してまで、「旅」にあくがれたように、山頭火にとっても漂泊はまたひとつの憧れであったのであろう。

その漂泊の行乞僧の中の「詩人」としてのこころが多くの秀句を生み残してゆく。

山しづかなれば笠をぬぐ
（『旅から旅へ』）

一きれの雲もない空のさびしさまさる
（「行乞記」）

あの雲がおとした雨にぬれてゐる（『鉢の子』）

雨ならば雨を歩く山頭火

あの雲がおとした雨にぬれてゐる

こんな句はもはや徒歩《かち》で旅をする者にしか作れない句であろう。旅をすみかとする者の目にしか感受できない発見である。そしてそれが漂泊の人生と重なって、自然界のなすがままに雨に濡れている。

あの雲がおとした雨にぬれているという、おおらかな自然界と一体となった山頭火の朴訥で豊かな一句である。

このつぶやくような山頭火の自然体のこころが、その雨雲を見上げる一人の行乞僧を、天空の広がりのなかに捉えていて秀逸である。

水は流れる、雲は動いて止まない、風が吹けば木の葉が散る、魚ゆいて魚の如く、鳥とんで鳥に似たり、それでは、二本の足よ、歩くだけ歩け、行けるところまで行け。

旅のあけくれ、かれに触れこれに触れて、うつりゆく心の影をありのまゝに写さう。

（昭和五年九月十四日「行乞記」）

この日の記述と同じ日の日記に、

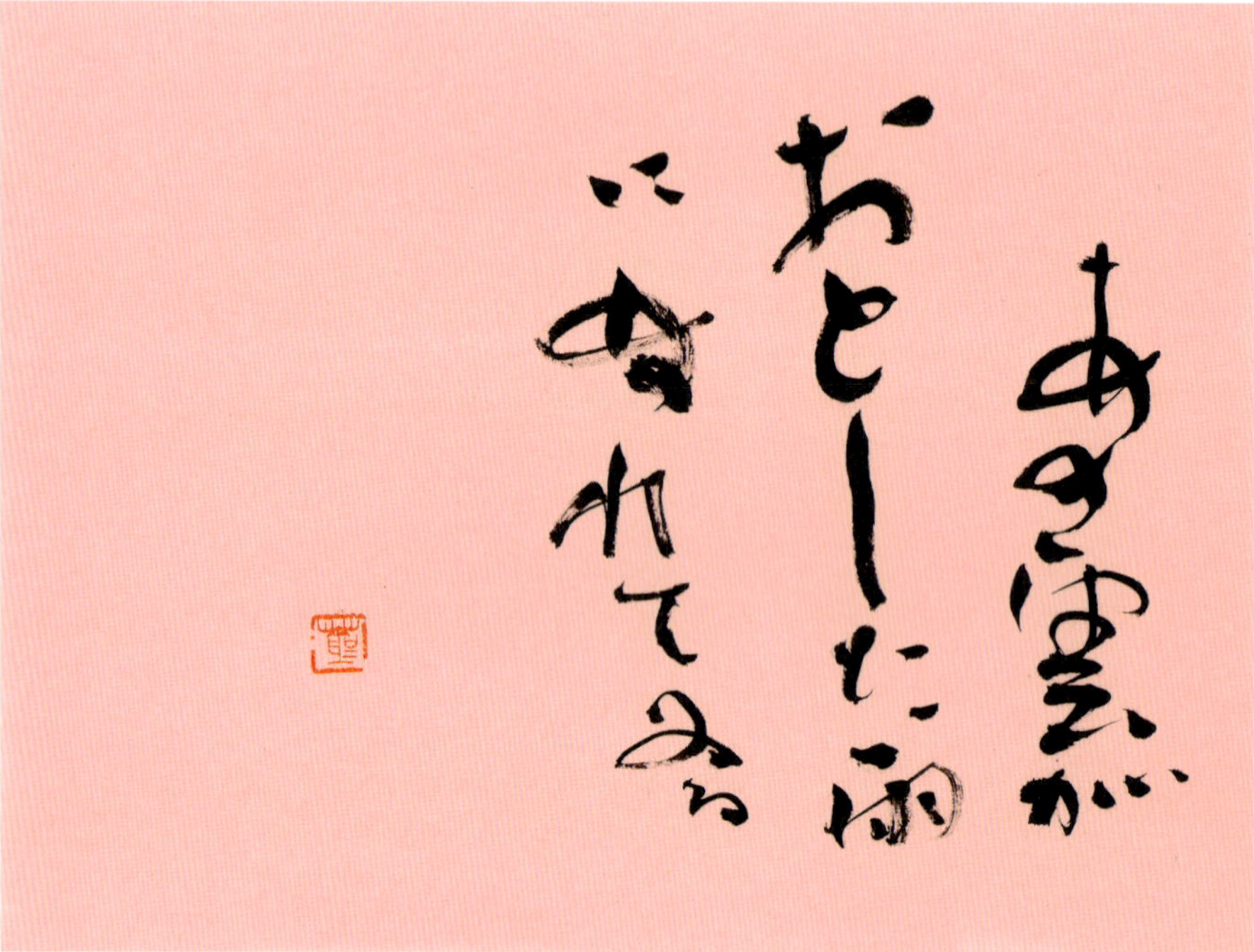
あま雲が
おとした雨
にぬれてみる

あの雲がおとしたか雨に濡れてゐる

というかたちで句がしたためられている。これは熊本を出発するときそれまでの日記や手記を山頭火は焼き捨てているので、記憶に残っているいくつかの句を書きとめた句の中の一つである。

行雲流水、魚や鳥のようにこの自然界を二本の足で漂泊する人生からしか生まれない山頭火の自然観であろう。「雨ならば雨を歩む」という禅的なこころをみごとに視覚化した作品となっている。

この俗世から超然とした自然との一体感はどこか中国の漢詩の超俗性に通ずる要素をも含んでいる。

中国の李芒氏はこの句を次のように漢詩に綴られている。

我身淋湿雨紛紛
降自中天那片雲
（『漢詩による山頭火の世界』）

中天にかかるあのはるか彼方の片雲から落ちる
煙ぶるような小雨が
我が身をしっとりと濡らしているのか。
（淋湿＝したたる、紛紛＝細かい雨の形容、那＝あの）

くらいの意味であろうか。

「雨ならば雨を歩む」ということばも山頭火は、日記に書き付けているが、そこには「これは俳句ではありません。禅のこころです」と述べている。

禅の発祥地である中国の李氏においても、そういった意味合いでこの句はこころを捉える一句となっているのであろう。

またこの句はなぜか俗世を超越した陶淵明《とうえんめい》の世界のような、ゆったりとした境地に我々を誘ってくれる。

類句の、

降るままぬれるままであるく　（『行乞道草』）
笠をぬぎしみじみとぬれ　（『行乞途上』）

という句も捨てがたい味がある。

※

漂泊の中から生まれた句を少し掲げてみる。

あるけばかつこういそげばかつこう　（『柿の葉』）
いそいでもどるかなかなかなかな　（『行乞途上』）
踏みわける萩よすすきよ　（『鉢の子』）

これらの句には山頭火特有のリズム感があり、漂泊の解き放たれた明るさに満ちている。それは反復や対句のかたちとなり、こころの高揚を響かせているようだ。

これら一連の句の根底には一所に止まらない動きと高揚感がある。この反復や対句は、自由律の句誌「層雲」の作品にもしばしば見受けられるものであるが、特に荻原井泉水の作品にそれは顕著である。

井泉水の代表的な作品を少し掲げてみる。

すずしくさくらさくらせせらぐ

木の葉木の葉とおちる

みどりゆらゆらゆらめきて動く暁

新しい俳句をめざす井泉水の精神が山頭火と呼応しているようである。

山頭火の最もよき理解者が、この「層雲」の主宰者である井泉水であったことから、山頭火もこの井泉水を敬愛し、共に新興俳句である自由律の精神を一つにしている。

井泉水は当初、放哉没後の小豆島の南郷庵を出家得度した山頭火にすすめたいきさつもあったが、山頭火はそれを辞退し、漂泊の生を選んだのである。しかしながら、この漂泊の中から生みだされた山頭火の作品群は、他の追従を許さない精神性と美意識に裏打ちされて今もなお、我々を魅了してやまない。

所謂「旅行詠」とは全く一線を画した山頭火自身の精神と美意識が、我々の持っている潜在意識をも掘り起こしてくれるのである。

山頭火は五十五歳の時、永平寺にしばらく滞在して籠った。

おのづから流れて、いつも流れてとゞまらない生き方、水のやうな、雲のやうな、風のやうな生き方。

自他清浄、一切清浄。

（昭和十一年七月六日「旅日記」）

行雲流水。この禅語の語るごとく、それは漂泊という形に止まらず、己が人生を、その時、その場に執着することなく、飄々とその運命を受け入れて、行く雲のごとく流れ、或いは流れ行く水のごとき清浄な生き方を希求していたのであろう。

あの雲がおとした雨にぬれてゐる

詠みぶりは至って素朴であるが、背後には山頭火の自然体に生きようとする禅的な深い精神性が感じられる句である。

故郷

雨ふるふるさとははだしであるく（『其中一人《そのなかひとり》』）

襤褸をさげて故園の山河をさまよふのもまた人情である

この句は、自選句集『草木塔』の中の「其中一人」の巻頭に置かれた句である。

昭和七年ころ、山頭火は九州行乞を経て、川棚温泉に滞在していたが、この頃から行乞の放浪の日々から次第に定住を望む気持ちが募り、湯の豊富な川棚近くを希望したが、うまくことは運ばず、結局ふるさとに近い小郡の茅葺の廃屋に「其中庵《ごちゅうあん》」として定住することになった。

それは、七年ぶりの故郷への帰還である。妹や親族の接待などを受け、長い放浪の疲れを癒し、俳友の仲立ちで其中庵に入る。

　家を持たない秋がふかうなるばかり

行乞流転のはかなさであり独善孤調のわびしさである。私はあてもなく果もなくさまよひあるいてゐたが、人つひに孤ならず、欲しがつてゐた寝床はめぐまれた。

昭和七年九月二十日、私は故郷のほとりに私の其中庵を見つけて、そこに移り住むことが出来たのである。

　曼珠沙華咲いてここがわたしの寝るところ

（句集『行乞途上』後記）

雨ふる
ふるさとは
はだしで
あるく

この句の根底は明るい。やはりふるさとに帰ったよろこびに溢れている。少年の頃にもどったような素朴さが、雨の中であるのに「はだしであるく」という表現になっている。そのような山頭火のうれしさと高揚さが感じられる句である。

雨ふるふるさとはなつかしい。はだしであるいてゐると、蹠の感触が少年の夢をよびかへす。そこに白髪の感傷家がさまよふてゐるとは。――

あめふるふるさとははだしであるく　（随筆「『鉢の子』から『其中庵』まで」）

と自身語っているように、少年のこころに帰って、あしうらでふるさの感触を楽しんでいるのである。実際には草履が破れてはだしにならざるをえないという事情もあったようであるが、雨の中のふるさとを素足で歩くという開放感に満ちあふれている。この年、山頭火は五十歳になっていたのであるが。

日記には、

あの其中庵主として、ほんとうの、枯淡な生活に入りたい、枯淡の底からこん〳〵として湧く真実を詠じたい。

雨ふるふるさとははだしであるく　（昭和七年九月四日「行乞記」）

とある。この句は、現在、山頭火の故郷である防府の生家近くの路傍に句碑として遺されている。

そしてまた、

ぬれてすずしくはだしであるく　（『行乞道草』）

という類句も残している。

没落した故郷の生家を捨て、行乞僧として漂泊した山頭火にとって、やはり「ふるさと」に対する感慨は複雑なものがあったのであろう。

うまれた家はあとかたもないほうたる　（『旅心』）

家郷忘じ難しといふ。まことにそのとほりである。故郷はとうてい捨てきれないものである。それを愛する人は愛する意味に於て、それを憎む人は憎む意味に於て。（中略）拒まれても嘲られても、それを捨て得ないところに、人間性のいたましい発露がある。錦衣還郷が人情ならば、襤褸をさげて故園の山河をさまよふのもまた人情である。

（随筆「故郷」）

その昔、酒業を営み、「大種田《おおたねだ》」と近隣から称せられた広大な敷地の生家は跡形もなく、茫々としたその地に佇む山頭火は、身は網代笠と法衣という襤褸に包まれていようとも、やはり捨てきれないものは故郷であったのであろう。

ふるさとは遠くして木の芽　（『鉢の子』）

旅の人としてふるさとの言葉をきいてゐる　（「行乞記」）

ふるさとはちしやもみがうまいふるさとにゐる　（『旅心』）

急に思ひ立つて佐野の妹を訪ねる、（中略）古被布を着て行つたので、さんざ叱られた、叱る彼女も辛からうが、叱られる私も辛かつた、……

（昭和十年三月十九日「其中日記」）

妹の「ちしやもみ」の手料理。近所の手前、夜の明け切らぬうちに辞去する。朝食と酒二合。こころずくしの五十銭。山頭火はその親切に涙を呑む。

ふるさとはからたちの実となつてゐる

（『其中庵便り』）

そのからたちの実に、私は私を観る。そして私の生活を考へる。

（随筆「『鉢の子』から『其中庵』まで」）

生家の没落、僧形としての自分。そこには人間的な複雑な思いも去来するが、そのからたちの実に真の自分の姿を観る。そのことを禅門では「帰家穏坐」という。

自性を徹見して本地の風光に帰入する。この境地を禅門では『帰家穏坐』と形容する。ここまで到達しなければ、ほんとうの故郷、ほんとうの人間、ほんとうの自分は見出せない。

（随筆「故郷」）

ふくろうないてこゝが私の生れたところ

草

うれしいこともかなしいことも草しげる

（『山行水行』）

私と雑草とは一如である

この句は昭和九年、山頭火の第三句集である『山行水行』に収められたもので、其中庵時代に作られた句である。山頭火の「草」を詠んだ句も忘れがたいもののひとつである。旅する山頭火にとって草は親しいものとして常に身近に存在するものであったであろう。生きることの苦しさとよろこびが常に草と共にあった。この句はそんなめだたないがうつくしい草の生き様に己の俳人としての生を重ねている。

行乞中、毎日、いやな事が二三ある、同時にうれしい事も二三ある、さしひきゼロになる、けふもさうだった。花が咲いて留守が多い、牛が牛市へ曳かれてゆく、老人が若者に手をひかれて出歩く、子供は無論飛びまはつてゐる。

（昭和七年四月九日「行乞記」）

うれしいこともかなしいことも草しげる

となる。人生とはおよそこのようなものなのであろう。

この日記の頃は九州の平戸から天草あたりを行乞している。腹痛をかかえての行乞であった。

57 草

私は雑草を愛する、雑草をうたふ。（中略）私は雑草のやうな人間である。
雑草が私に、私が雑草に、私と雑草とは一如である。
（昭和十年四月五日「其中日記」）

と言う。

句集『柿の葉』には、

しぐれつつうつくしい草が身のまわり　（『雑草風景』）

草のうつくしさはしぐれつつしめやか

という作品もあるが、やはり、「草が身のまわり」の句の方が句として定まっていて美しい。

山頭火に『雑草風景』という句集があるが、その末尾にこんな文章が見える。

題して「雑草風景」といふ、それは其中庵風景であり、そしてまた山頭火風景である。
風景は風光とならなければならない。音が声となり、かたちがすがたとなり、にほひがかほりとなり、色が光となるやうに。
私は雑草的存在に過ぎないけれどそれで満ち足りてゐる。雑草は雑草として、生え伸び咲き実り、そして枯れてしまへばそれでよろしいのである。
（句集『雑草風景』後記）

山頭火には草を詠んだ句が多い。

草の青さよはだしでもどる　（『狐寒』）
歩くほかない草の実つけてもどるほかない　（『柿の葉』）
あるけば草の実すわれば草の実　（『旅から旅へ』）
ここで寝るとする草の実がこぼれる　（『同』）
波音のうららかな草がよい寝床　（「其中日記」）

まさに草とともに生きている山頭火である。

身心一如、行解相応、「自心自然脱落、本来面目現前」——道元禅師。雑草のよさが解らなければ自然の心は解らない、雑草はおのがじしそのところを得てそのまことを表現してゐる。
蚊帳の中でゆつくり食事する、そしてすなほに大の字に寝ころぶ、幸福すぎる幸福だつた。
（昭和十五年八月十九日「一草庵日記」）

禅宗では「樹下石上」といい、「一所不住」ともいう。そして、時には「草」を枕にして野宿の侘しさを味わわねばならないこともある。なかなか、人間は一所不住の悟脱の境地には入りきれない。泊めてくれない時は野宿しかないのである。
「草はおのがじしそのところを得てそのまこと」を表現している。すなわち自分を知っているのである。その草を友とし、草を寝床として、草の実のこぼれる音を聞く。そこに詩人としての目がしずかに発光してゆく。

草はうつくしい枯れざま

（『柿の葉』）

草のうつくしさ、萌えいづる草の、茂りはびこる草の、そして枯れてゆく草のうつくしさ。
雑草！その中に私自身を見出す。

（昭和九年十一月廿六日「其中日記」）

と日記にしたためている。

枯れゆく草のうつくしさにすわる

（『雑草風景』）

「草の美しさにすわる」という表現は自然と一体となる、禅でいう坐禅のこころが背景にあるようである。枯れてゆく草の美しさに坐ることによって、自ずと自我を捨て自然と一体になり「空」の状態に自分の身を置くことともなる。

枯れしうごきいで

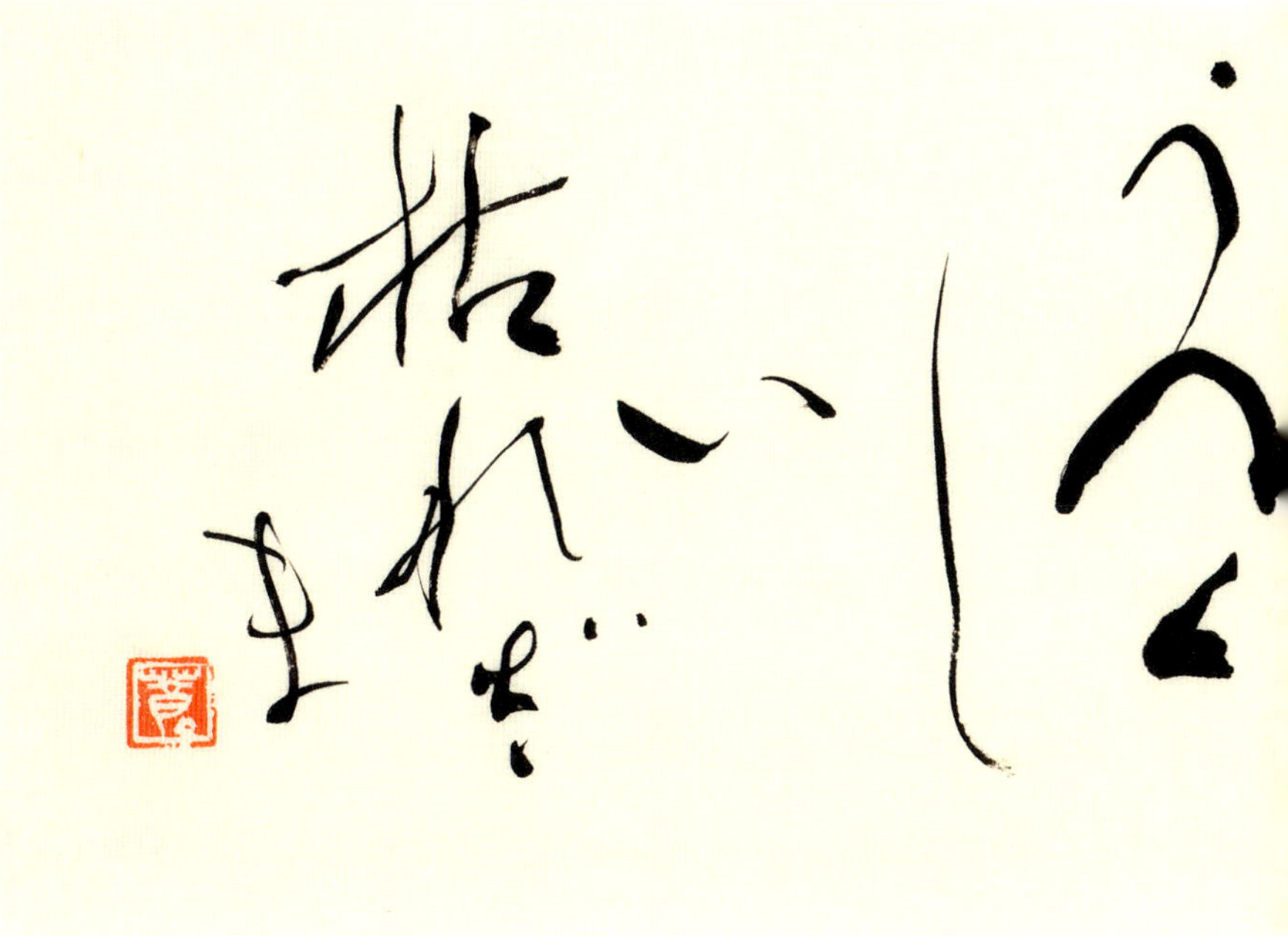

かきつばた

かきつばた咲かしてながれる水のあふれる
（「其中日記」）

自然の持つ命そのものを句にすること

この句は昭和八年五月十三日の日記に二十二句書きつけられた中の一句である。この年はふるさと近くの其中庵を中心として近在諸所に行乞をする日々であった。

山頭火はこんなことを言う。

自然を味へ、ほんとうに味へ、まづ身を以て、そして心を以て、眼から耳から、鼻から舌から、皮膚から、そして心臓へ、頭へ、——心へ。
（昭和七年十二月廿三日「其中日記」）

自然を知ることは自然界の摂理をも知ることである。かきつばたを咲かすという「水」の豊かさ。自然界の命をはぐくむその摂理の尊さ。そういう視点からこの句は「かきつばた」を捉えている。

かるかやへかるかやのゆれてゐる

自然界のそのままの姿を切り取って句にしてゆくこと。それは、言い換えれば「無心」で自然

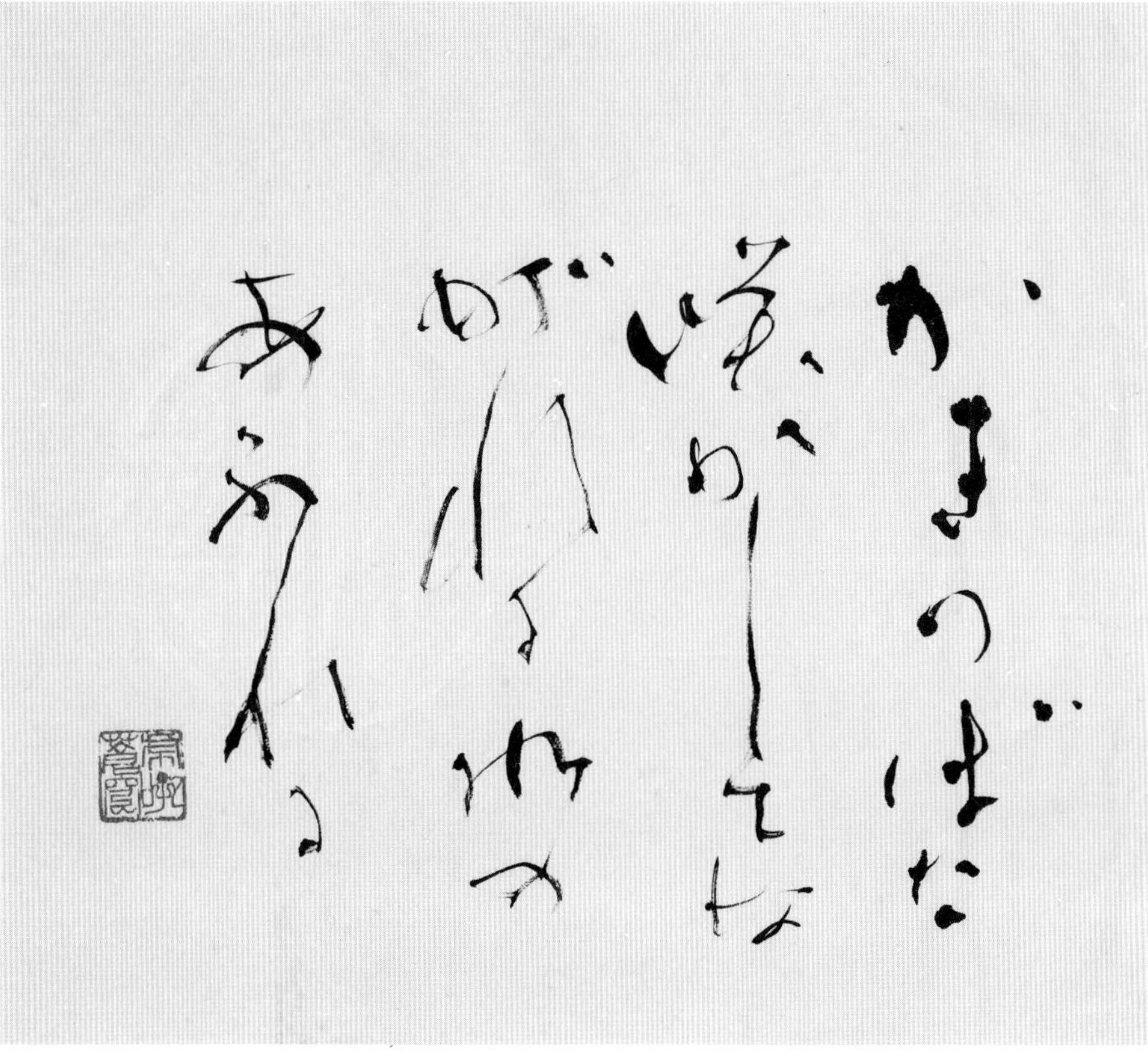

63 かきつばた

界の姿を写し取り、そこに本来の「自然」の持つ「美」を表現してゆくことに繋がる。そこに山頭火の「句」があり、「詩」があるのであろう。それは自然の「美」に対する畏敬の念が根底にあり、そのことが真に「自然を味ふ」ことに通じることとなり、「人知」を介入しない世界が内在する。

自然そのものを詠うことが、

かるかやへかるかやのゆれてゐる　（「行乞記」）
大地にすわるすすきのひかり　（「其中日記」）
すすきのひかりさえぎるものなし　（『鉢の子』）

という表現で十全に自然美と作者のこころの躍動が表現されていることとなる。あくまでも自然の形態が主体なのである。

何を求める風の中ゆく

（『雑草風景』）

風はどこから来てどこへ行くのか

山頭火は何を求めて風の中を行くのであろうか。

行乞と句作と――。　時には、それがおぼろなものとなってゆく時もある。何のために歩くのか、何のために句をつくるのか。しかし、山頭火にとってはこの道しかないのであろう。

「何を求める風の中ゆく」とは厳しい人生に立ち向かう人々の琴線にも触れて、ある普遍性を込めて読む者に訴えてくる。

風の中おのれを責めつつ歩く　（『狐寒』）
けふもいちにち風をあるいてきた　（『行乞途上』）
どうすることもできない矛盾を風がふく　（『其中庵便り』）

という句もある。精神の浄化を求めて禅門に入っても、こころの泥濘は解きがたいものであった。自分の愚かさを自認することもしばしばである。また一方で、そこに悟りきれないもの、或いは悟りきりたくないこころの部分が葛藤して、一人の人間としての逡巡がある。

山頭火は禅僧である一面、句をつくる詩人である。「あるいは澄み、或いは濁り、いや、澄ん

何を求むる風の夜ゆく

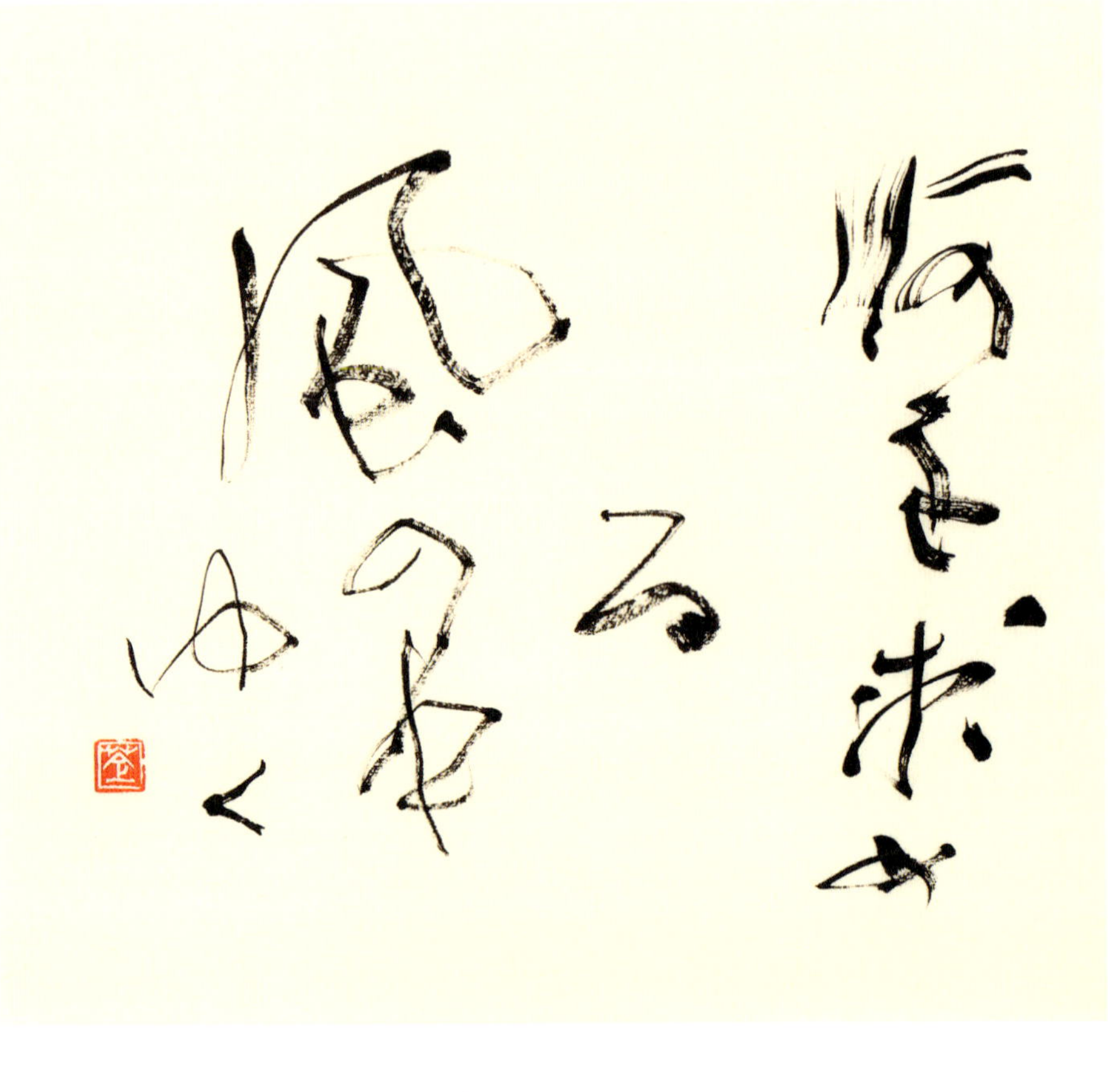

だらしく、濁ったらしく、」矛盾と悔恨を繰り返すのが山頭火の体質である。
山頭火は「風」という言葉を巧みに句に詠んでいる。

何でこんなにさみしい風ふく　（「行乞記」）

このさびしさは山のどこから枯れた風　（「其中日記」）

さみしいなあ――ひとりは好きだけれど、ひとに《マヽ》なるとやつぱりさみしい、わがまゝな人間、わがまゝな私であるわい。（昭和五年十二月四日　飯塚、博多柳町など行乞）

とも日記に綴る。
山頭火は「風」について語っている。

風もわるくない。もう凩らしい風が吹いてゐる。寝覚の一人をめぐつて、風はどこから来てどこへ行くのか。さみしいといへば人間そのものがさみしいのだ。さみしがらせようとたつた詩人もあるではないか。私はさみしさがなくなることを求めない。むしろ、さみしいからこそ生きてゐる、生きてゐられるのである。（随筆「『鉢の子』から『其中庵』まで」）

人間とか生とかはもともとさびしい存在である。さびしさに耐えるとかいうことではなくて、さびしいことを認識することの覚悟が生きるということの本来の姿であるということを、山頭火は言っている。

いちにちすわつて風のながれるを（「其中日記」）

端座して自己をみつめしばし瞑想の時をもつこと

この句は、其中庵での句であるが、「今日で五日間、私は誰とも会話しなかつた、いはゞ独坐無言の五日間だつた、孤独は私の宿命であらう」（昭和九年十二月十六日「其中日記」）と言っている。ある種の諦観した孤独との対峙である。無言でいちにち端坐して、風の流れる中に身を置いている。

しかし、この句にはさびしさのなかにどこか静謐な精神が背後に漂うているようである。いちにち坐って風のながれのなかにいる。まなこを半眼にし、無心の状態で静かに坐っている。日記などでは徒歩禅の記述が多くみられるが坐禅については僅かである。が、山頭火は禅僧である。一日端坐して静かに自己をみつめ、或いは雑念を捨てて風のながれのみを聞いている。山頭火流の坐禅の一つの形であろう。

三日ぶりの朝湯だつた、やゝ寒いほどのこゝろよさ。

正身端坐、遙拝黙禱

（中略）

終日秋風、ひえ〳〵としてよろし。

（昭和十四年九月廿三日「風来居日記」）

ざわざわと風のなかを

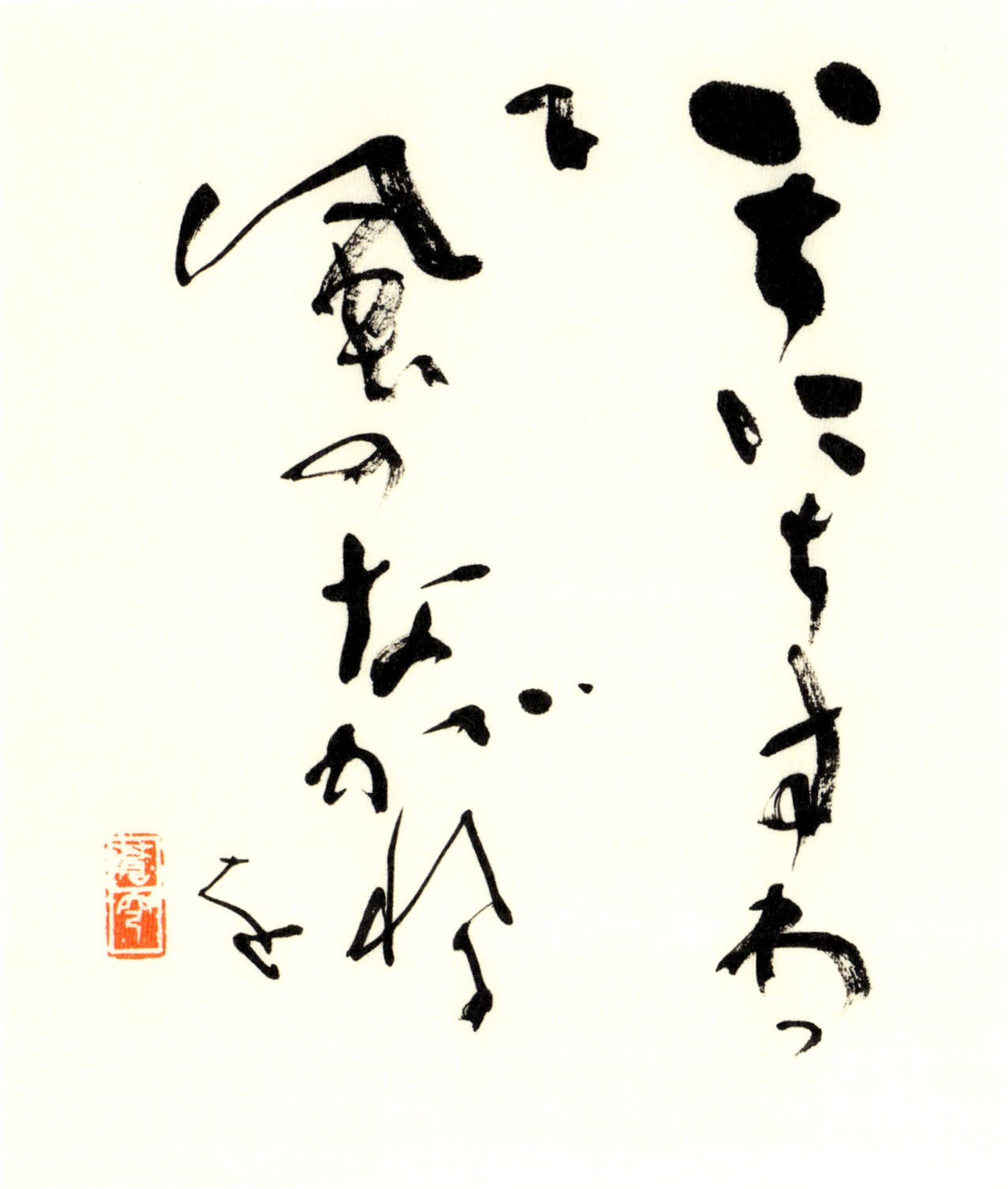

坐禅とまではいかないにしても、時にはこころを無にして静かに端坐することは我々にとっても必要なことであるようにも思える。そして、静かに自己の本来のありようを、自己の本当の姿を見つめるのである。

山頭火の日記には道元禅師の書名がよく出てくる。

正法眼蔵拝読。

（昭和十二年七月廿一日「其中日記」）

道元は「仏道をならふは自己をならふなり」という。厳しく自己をみつめ、自己の真の姿を探求し、かつそのことを放下することが、すなわち仏道に繋がるという。

さびしくもひと時、瞑想の時を持つこと。そんなことをこの句はわれわれに感じさせる深さを含有しているように思える。

山頭火は言う。

巣居知風　穴居知雨――といふ語句があるさうだが、私はそれに和して独居知己といひたい。

（昭和十三年九月廿一日「其中日記」）

独居することにより、「風」を知り、「雨」を知る、そして、本来の自分を知ること、「知己」になるのであろうか。

この道しかない春の雪ふる

（『旅から旅へ』）

自分で選んだこの道

この句も山頭火の忘れがたい一句である。

やわらかい春の雪が降る道を、この道しかないと自分の生をゆく姿がある種の詩情をたたえて美しい。

「この道しかない」という言葉は重い。通常の社会組織や家庭生活にもなじめない山頭火の精神の彷徨はさまざまな要因がもととなっていようが、結局のところ、禅門と句作のみが自分の「道」でしかないと選択した結果なのであろう。

たとえそれは故郷の人々の目には、「大種田の息子がなにもホイトウ（乞食）にまでならなくとも」といわれようが、自分で選んだ道であったのである。

ホイトウとよばれる村のしぐれかな

（『行乞道草』）

その風評を甘んじて受けて、「この道しかない」と行乞と美を求めて漂泊する山頭火の精神には、自分自身の性情を知りつくしたある種の諦念に似たやすらぎすらも感じる。

淡い春の雪がせめて自分の行く手をやわらかく包んでくれる春の道である。

この道しかない
春の雪ふる

人は自分の「生」でそれぞれの「道」を選んで生きてゆく、そして、「この道しかない」と自己にいい聞かせつつ。この句の境地は個人を越えて、一つの普遍的な精神としてわれわれのこころに響いてくる作品ではある。

このみちをゆく――このみちをゆくより外ないから、このみちを行かずにはゐられないから――これが私の句作道だ。

（昭和九年十二月十九日「其中日記」）

と自分に言い聞かせつつ。

また、そのことをことばを変えて言う。

――（このみち）――

このみちをゆく――このみちをゆくよりほかない私である。

それは苦しい、そして楽しい道である、はるかな、そしてたしかな、細い険しい道である。

白道である、それは凄い道である、冷たい道ではない。

私はうたふ、私をうたふ、自然をうたふ、人間をうたふ。

（昭和十年三月三十一日「其中日記」）

「私はうたふ」「私をうたふ」「自然をうたふ」「人間をうたふ」――この言葉に山頭火の俳句のすべてが凝縮されている。

行乞の道と俳句の道が山頭火にとって自分で選んだ唯一の「この道」であったのであろう。

「道」を詠んで山頭火は他の追従を許さない。

まっすぐな道でさびしい　（『鉢の子』）

まっすぐな一本道が続いている。そのシンプルさが山頭火にとってはさびしいと感じるのである。これはもう感性としかいいようのない作品である。

嵐山光三郎氏は「Santōka」という英語版の文章の中で、次のように述べられている。

「アメリカで親しまれている俳人には、芭蕉のつぎに山頭火で、まっすぐな道でさみしい　の句がよく知られている。ニューヨークのコロンビア大学で句会をしたとき、アメリカ人がやたらと〈フル・オブ・ロンリネス〉（さみしさでいっぱい）というフレーズを使いたがるので不審に思った。これは山頭火の句が、

〈This straight road, fall of loneliness〉

と訳されて、広く暗唱されているためだった。それで私も暗唱してしまった。」と。

そして、氏は、句というものは自立して万人の胸にせまり、アメリカ人も、日本人も、まっすぐな道に人間の根源的な孤独にむかいあうという。そこに俳句という文芸の力というものが存在している、という趣旨のことを述べられている。

まっすぐで孤独な道であるが、この道しかないのである。

わかれてきた道がまっすぐ　（『山行水行』）

このみちをゆく。――
私一人の道だ。――
けはしい道だ。
細い道だ。
the road leads no where かも知れない。
躓いても転んでも行かなければならない。
私の道は一つしかない。
私は私の道を行くより外ない。

（昭和十一年八月一日「其中日記」）

しぐるるや道は一すじ

（『行乞道草』）

この道しかないと自分にいいきかせるけれど、やはり、一人行くまっすぐな道は厳しくさびしいものである。
そして漂泊の道をゆくさみしさをますます内に沈潜させてゆく詩人の魂が我々のこころを揺さぶる。

少し「道」を詠んだ句と離れるが、次のような句も心に残る。

ぼうぼうとして山霧につつまれる

（「行乞記」）

いちにちわれとわが足音を聴きつゝ歩む

（「同」）

風ごうごうまぎれずもわが尿の音　（「行乞記」）

「道」を住まいとする人生には、想像もつかない孤独と疲労感が付き纏うものであろう。山頭火にとって、そのことを表現するのは俳句しかないのである。

無言行のごとき山行。行くてをも遮られる山霧。聞こえるのは自分の足音と風の中のわが尿の音。山頭火は行乞の孤独を次のように語っている。

私は今、痛切に生存の矛盾、行乞の矛盾、句作の矛盾を感じてゐる、……私は今度といふ今度は、過去一切――精神的にも、物質的にも――を清算したい、（中略）……私は歩くに労《マヽ》れたといふよりも、生きるに労れたのではあるまいか、一歩は強く、そして一歩は弱く、前歩後歩のみだれるのをどうすることも出来ない。

（昭和五年十二月二日「行乞記」）

と精神的にも、肉体的にも行乞の孤独と疲労感に苛まされ、その心情を「一歩は強く、そして一歩は弱く、前歩後歩のみだれるのをどうすることも出来ない。」と表現する。

途中の行乞は辛かった。時々憂欝になつた、こんなことでどうすると、自分で自分を叱るけれど、どうしようもない身心となつてしまつた。

（昭和六年十二月廿六日「行乞記」）

しかし、山頭火にとってこの「道」を住まいとする漂泊の人生は自分の選んだ道であり、淋しくとも終生断ちがたい人生であったのである。

しぐれ

うしろすがたのしぐれてゆくか

（『鉢の子』）

しぐれは私の愛する自然のひとつである

昭和六年の暮れ、九州福岡の二日市から大宰府天満宮を雨の中参拝。木賃宿に泊まる。

　　自　嘲

うしろ姿のしぐれてゆくか

　　大宰府三句

しぐれて反橋二つ渡る
右近の橘の実のしぐるゝや
大樟も私も犬もしぐれつゝ

（昭和六年十二月卅一日　「行乞記」）

「うしろすがた……」の句はこの時出来た句である。

句集『鉢の子』には、

　　自　嘲

うしろすがたのしぐれてゆくか

鉄鉢の中へも霰

が収められている。両句とも山頭火を代表する秀句として、世に知られているものである。

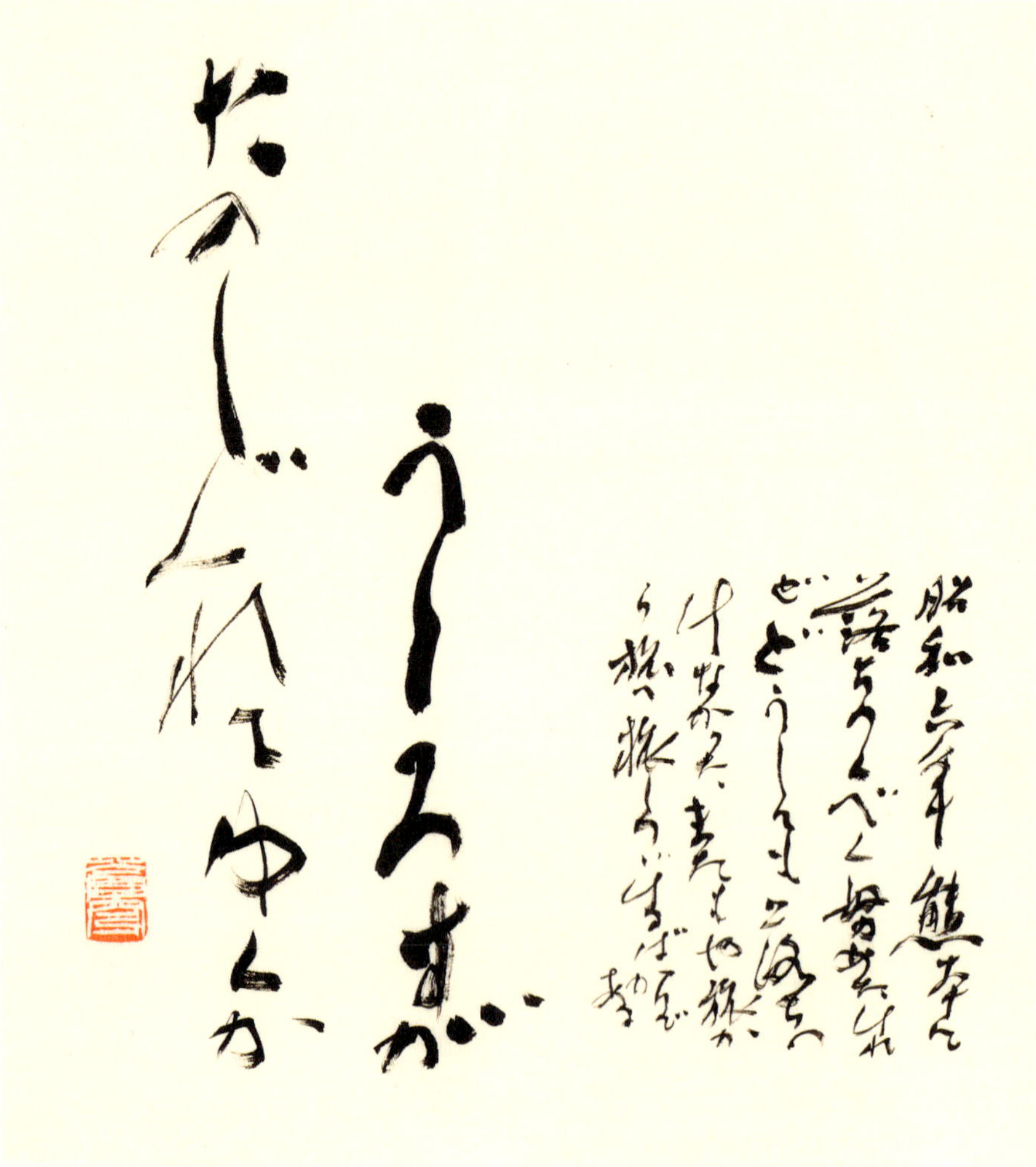
うしろすがたのしぐれてゆくか
昭和六年熊本に落ちつくべく努めたけれど、どうしても落ちつけなかった、またもや旅から旅へ旅しつゞけるばかりである

「しぐれ」という季語を、これほど深く哀韻と「自嘲」をこめて象徴的に使っていることは稀有のことである。

自由律の俳句は季語を解放しつつも、その季語を自在に使う精神となり、新しい俳句の世界を構築していったのであろう。この頃は行乞にもしだいに疲労感がますようになってきた。まして、冬の雨のなかの行乞である。

私は労れた。歩くことにも労れたが、それよりも行乞の矛盾を繰り返すことに労れた。袈裟のかげに隠れる、嘘の経文を読む、貰ひの技巧を弄する、――応供の資格なくして供養を受ける苦脳《マヽ》には堪へきれなくなつたのである。

（随筆「私を語る」）

うしろ姿の「しぐれ」はそぼふる雨でもあり、初老の男の精神的な疲弊感の孤独な「しぐれ」でもあるのであろうか。

九州の行乞を終え、熊本に間借りをして、そこを「三八九居《さんぱくきょ》」と名付けて、一旦は落ち着いた。熊本には妻のサキノ夫人も「雅楽多《がらくた》」という額縁店をきりもりしており、それを手伝ったり、同居したりしていたようである。

この「うしろすがたの」句の前書き「昭和六年、熊本に落ちつくべく努めたけれど、どうしても落ちつけなかつた、またもや旅から旅へ旅しつづけるばかりである」という言葉に端的にあらわれている。

このことは、家族というものに落ち着けない自分の性情と、孤独で苛酷な行乞の旅を覚悟の上で、熊本を後にし、時雨ふる大宰府に着いた己の姿を、「自嘲」ということばでしか言い表せない心境であったのであろう。

　笠も漏りだしたか　（『鉢の子』）

冬雨の降る夕であつた。私はさん〴〵濡れて歩いてゐた。川が一すぢ私といつしよに流れてゐた。ぽとり、そしてまたぽとり、私は冷たい頬を撫でた。笠が漏りだしたのだ。

　笠も漏りだしたか

この網代笠は旅に出てから三度目のそれである。雨も風も雪も、そして或る夜は霜もふせいでくれた。世の人のあざけりからも隠してくれた。自棄の危険をも守つてくれた。――その笠が漏りだしたのである。――私はしばらく土手の枯草にたたずんで、涸れてゆく水に見入つた。　（随筆「『鉢の子』から『其中庵』まで」）

山頭火は言う。「私は労れてゐた。死なないから、といふよりも死ねないから生きてゐるだけの活力しか持つてゐなかつた」（同）と。

後年、山頭火は「孤独」についてこのようなことを述べている。

……人は独り生くべし……とギッシグ《マ》はライクロフトにいはせてゐる、彼は孤独の個人主義者として徹してゐる。……

私にはもう、外へひろがる若さはないが、内にこもる老ひはある、それは何ともいへないものだ、独り味ふ心だ。

（昭和九年十二月八日「其中日記」）

ともすれば、孤独な漂泊者である己のこころを、このことばで支えているのであろうか。個に徹することが放浪であり、「人は独り生くべし」という精神が、彼の放浪を肯定する言葉となり、西行や芭蕉が単独者として「美」を追求したごとく、自分も「美」の追及者として漂泊に駆り立てる生を選択して行くこころであろう。

放哉が妻子を捨てて仏門に入り、にわかにその句が精彩をおびたものに変貌したことも一つの要因であったかも知れない。

本当の自分の句を作りたいという熱情が独りで生きる生となり、苛酷で孤独な放浪をも支えているのである。

ほんたうの句を作れ、山頭火の句を作れ。
人間の真実をぶちまけて人間を詠へ、山頭火を詠へ。

（昭和十二年四月十二日「其中日記」）

この句作の姿勢こそ、彼を放浪に駆り立てる山頭火の生涯を貫いた一つの思想であると言える。ともあれ、この「うしろすがた」の句は「自嘲」とあるごとくあまりにも人間的であり、山頭火的である。

鉄鉢の中へも霰

（『鉢の子』）

私は鉄鉢《てっぱつ》をかかへて、路傍の軒から軒へ立つた

この句の初出は昭和七年の一月八日の日記に見られる。この日は前日の時雨から霰《あられ》交じりから雪模様に変わったらしい。

福岡の神湊から芦屋町への行乞の途中、玄海灘の沿道での霰の遭遇である。

一月八日　雪、行程六里、芦屋町
今日はだいぶ寒かつた、一昨六日が小寒の入、寒くなければ嘘だが、雪と波しぶきとをまともにうけて歩くのは、行脚らしすぎる。
　木の葉に笠に音たて丶霰
　鉄鉢の中へも霰
（「行乞記」）

海岸沿いの雪と波しぶきのなかでの行乞である。門々に立つ行乞僧のささげる鉄鉢に突如霰が走った。その鉄鉢に焦点を絞った感性の鋭さ。爾来山頭火を代表する句として世に広まった。

雪もよひの、何となく険悪な日であつた。私自身も陰欝な気分になつてゐた。数日来、俊

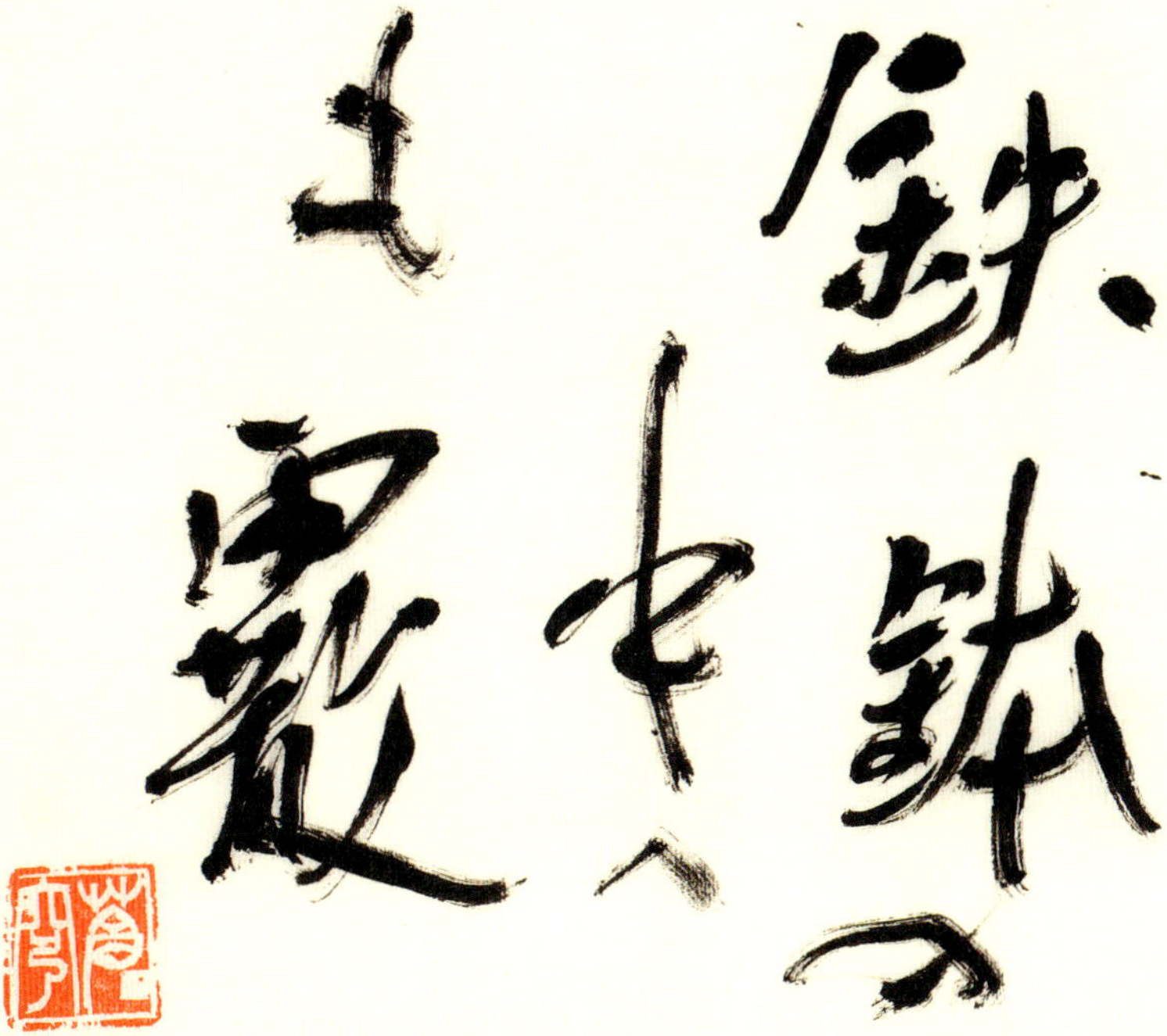

83 霰

和尚に連れられて、そのお相伴で、方々で御馳走になつた。私はあまり安易であつた、上調子になりすぎてゐた。その事が寒い一人となつた私を責めた。かういふ日には歩けるだけ歩けばよいのだが、財布の底には二十銭あまりしかなかつた。私は嫌とも《マヽ》行乞しなければならなかつた。私は鉄鉢をかかへて、路傍の軒から軒へ立つた。財法二施功徳無量檀波羅密具足円満——その時、しようぜんとして、それではいひ足らない、かつぜんとして、霰が落ちて来た。その霰は私の全身全心を打つた。いひかへれば、私は満心に霰を浴びたのである。

笠が音を立てた。法衣も音を立てた。鉄鉢は、むろん、金属性の音を立てた。

（随筆「鉄鉢の句について」）

と山頭火は述べている。この句は「層雲」のなかでも衝撃を与え、物議をかもした作品となった。

鉄鉢の中へも霰

背景をすべてそぎ落とした末の緊迫感に満ちあふれている。類まれなる才能である。

しかし、山頭火自身、この句にはいろいろ腐心したようでもある。

鉄鉢へ音たてて霰
霰、鉢の子の中にも
霰、鉢の子にも

と改作を試みたが定まらなかった。

師の井泉水は「鉄鉢」ということばが強すぎることを指摘して、

鉢の子の中へも霰

という提案を示したが、山頭火自身も自作を未完成と思いつつも、「てっぱつ」という語音感に捨てがたい思いがあったようである。

後の昭和八年一月廿八日の日記では「『鉄鉢の句』、こゝまでくれば、もう推敲といふやうなものからは離れる、私はしゆくぜんとして、因縁の熟するのを待つばかりである。」とも述べている。

鉄鉢という金属的な響きと、その暗い鉢にバラバラと跳ね飛ぶような霰の白との拮抗。もちろん、道も人も霰に打たれ、その中に悄然と立ちつくす法衣の山頭火である。

この句がしつくりしないのは、――未成品として響くのは、句それ自身が矛盾を蔵してゐるからであると思ふ。詳しく説くならば、二つの句因、二つの句材をごつちやにしたところに破綻がある。いひかへれば、二つの句とすべきものを一つの句に纏めあげようとした無理がある。耳で聴く霰、音としての霰、身体に浴びた霰、笞として受けた霰――ここから最初の一句が生るべきであつた。うつ、たたく、ぶつつかる、といふやうな言葉が現はす意味をうたつた句でなければならない。

鉄鉢へ音たてて霰

テツパツといふ語音感が句の中心として働かなければならない。鉄鉢（鉢の子、飯盂、或は応量器、そのいづれも禅宗僧侶の食器の同物異名であるが、鉄鉢は行乞生活の象徴であり、応量器はより広く禅的生活を象徴する）さういふ鉄鉢はその場合に於ては、生けるものとして霰の洗礼を受けたのである。（中略）そして、その観想から一転して、といふよりも解放されて、鉄鉢の中にある、鉄鉢の中へまでもふりたまつてゐる霰をひしと感じたとき、第二の句が生るべきである。

（随筆「再び鉄鉢の句について」）

山頭火は霰に打たれる厳しい行乞の一瞬を「鉄鉢」の中で捉えつつも、そこに己の「満心」を笞として打つ「罰」といった要素をこの句に込めたかったようである。

なおこの句は、山頭火終焉の地である四国の松山の「一草庵」にその句碑が建てられている。ともあれ、鉄鉢の中へも霰――。この句は山頭火の厳しい生き様とその美意識が結集した句として忘れがたい作品となっている。

※

人々の門に立って布施を乞う。そして、その日の糧とする。これが行乞という事実である。

なか〳〵寒い朝から犬にほえられどうし　（「其中日記」）
春寒いをなごやのをんなが一銭持つて出てくれた　（「同」）
投げて下さつた一銭銅貨の寒い音だつた　（「同」）
乞ひあるく道がつづいて春めいてきた　（「同」）

ある時は、「朝から縁起でもない」と老婆から全身に水をかけられたこともあったという。

涌いてあふれる中にねてゐる

（『行乞道草』）

湯壺にぢつとしていると無何有郷の遊び人だ……

山頭火は全国あちこちの湯を訪ねている。そしてつとにそのお湯好きは有名である。九州では宮崎。大分の由布院、湯の原《はる》、湯口、武蔵、嬉野。本土では、特に山口の川棚温泉を愛したようである。この地に草庵を結びたく腐心したらしい。

嬉野と川棚とを比べて、前者は温泉に於て優り、後者は地形に於て申し分がない、嬉野は視野が広すぎる、川棚は山裾に丘陵をめぐらして、私の最も好きな風景である。

（昭和七年五月廿五日　廿六日　川棚温泉、桜屋「行乞記」）

昭和七年六月から山頭火は川棚温泉の木下旅館に滞在した。

どうでもこゝにおちつきたい夕月

（「行乞記」）

山頭火のここでの結庵の希望は熱かったが、結局縁がなく、川棚を去ることになるのであるが。その後二十年後に川棚の妙青寺にこの「涌いてあふれる」の句碑が建立された。結庵を望んでいた山頭火に対するお詫びの気持ちであろうか。

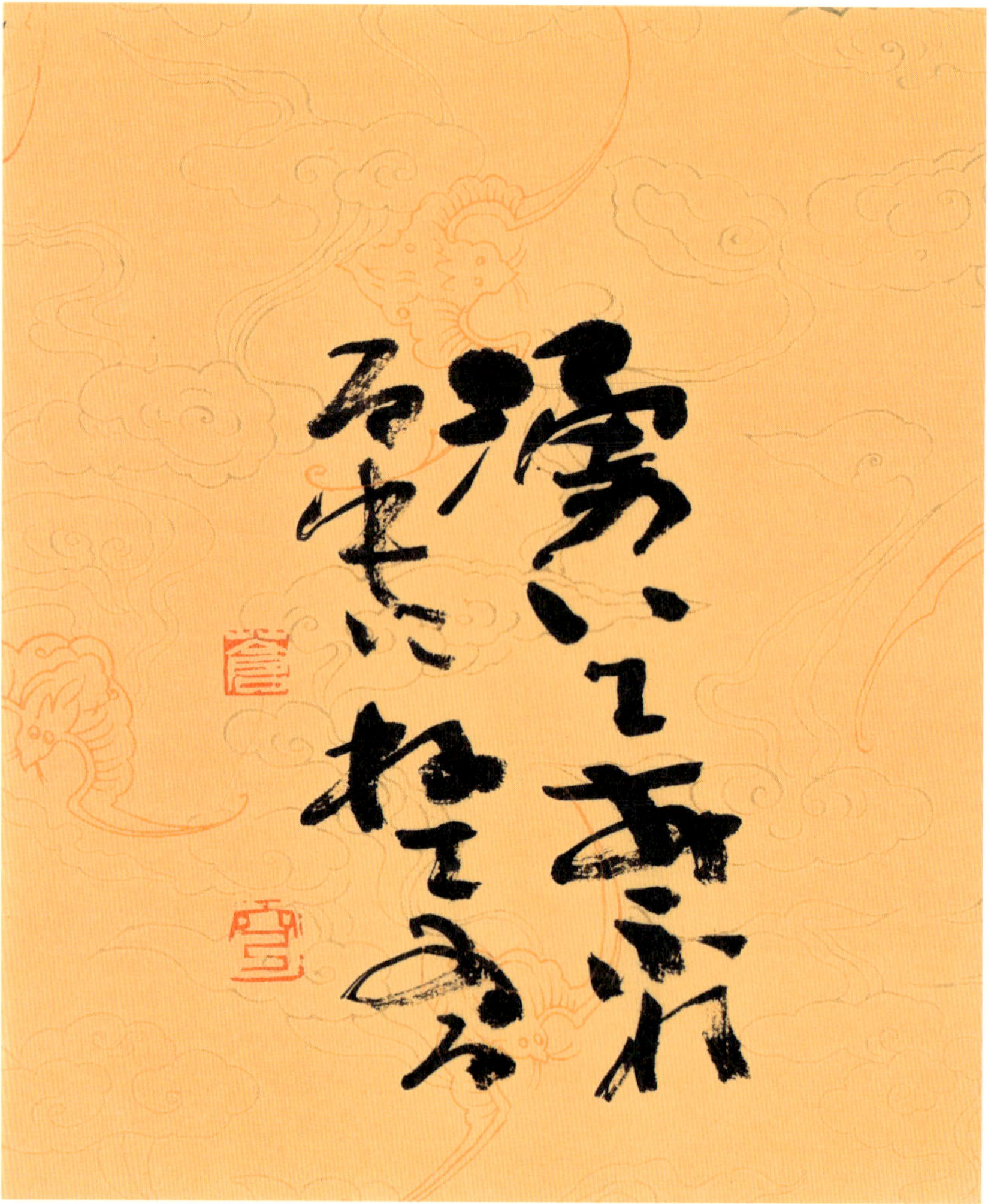

ひとりの湯がこぼれる
さみしいからだをずんぶり浸けた
　川棚温泉
涌いてあふれる中にねてゐる　（『行乞道草』）

川棚の湯に浸る山頭火の法悦がたたえられて、旅情がかきたれられる一句である。

あふるる朝湯のしずけさにひたる　（湯口温泉）（『行乞道草』）

朝湯はうれしかつた、早く起きて熱い中へ飛び込む、ざあつと溢れる、こん〳〵と流れてくる、生きてゐることの楽しさ、旅のありがたさを感じる。私のよろこびは湯といつしよにこぼれるのである。　（昭和五年九月十八日「行乞記」）

湯の原を行乞するときも朝湯に入る。

あかつきの湯がわたしひとりをあたゝめてくれる　（『行乞道草』）

そして「朝湯――殊に温泉――は何ともいへない心持だ、湯壺にぢと《ママ》してゐる時は無何有郷の遊び人だ」（昭和五年十一月九日）と言い、ひとりの無垢の裸形をあたためてくれる湯というものの法悦と尊さが響いてくるような句ではある。それにしても「あかつきの湯」とは美しい。

湯壺から桜ふくらんだ　（「行乞記」）
よい湯からよい月へ出た　（「同」）
まツぱだかを太陽にのぞかれる　（『行乞道草』）

ここらの作品群には我々が温泉旅行などを楽しむ旅情の高揚感をうまく代弁してくれているような句の味わいがある。山頭火もすっかり一人の旅人になりきっている。

※

さびしうなりあつい湯にはいる　（「其中日記」）
ひとりきりの湯で思ふこともない　（「同」）
憂鬱を湯にとかさう　（「行乞記」）
どうにもならない人間があつい湯のなか　（『其中庵便り』）

さみしさ、あつい湯にはいる、――これは嬉野温泉での即吟だが、こゝでも同様、さみしくなると、いらいらしてくると、しづんでくると、とにかく、湯にはいる、湯のあたゝかさが、すべてをとかしてくれる。……　（昭和七年六月六日　川棚、中村屋「行乞記」）

と山頭火はいう。山頭火の湯は自分にとっての湯であり、作者の内面がほのみえる。
さて、川棚に草庵を結ぶ夢は砕かれたが、小郡に其中庵を結ぶことになった。山口には湯田温泉があったのである。

まひるひろくて私ひとりにあふれる湯　（『其中庵便り』）
ずんぶんに湧いてあふれる湯をずんぶんに　（「其中日記」）
ちんぽこもおそそも湧いてあふれる湯　（『山行水行』）
（このユーモラスな句は湯田温泉錦通りに句碑が残されている）

山頭火は特にこの湯田温泉の混浴の千人風呂を愛したらしく、日記に綴っている。

湯田へ（バス代湯銭がないから本を売つて！）。　（昭和十年五月五日「其中日記」）

朝湯のありがたさ、窓から昇る陽をまともに飲むことのうれしさ、そして食べることのよろしさ。　（昭和十三年十二月十四日「風来居日記」）

朝湯こんこんあふれるまんなかのわたくし　（『一人一草』）

こんなに湯を楽しむ山頭火に僧形を超えた人間的な親しみを感じてしまう。それにしても、温泉を詠んだ句はなんとも味わいが深い。

昭和十三年の十一月には小郡の其中庵を解消して、さらに湯田温泉に近いところに家を借り、「風来居」と名付けてわび住まいをしていた。住所は山口市湯田前町（竜泉寺上隣）。「草の中から人間の中へ入った」というこの住居は四畳半一間の独立家屋で、文字通りの市井の中での侘び住まいであった。

ずんぶりと湯のあつくてあふれる　（『其中庵便り』）

けさの湯はあつくてことによかつた、ぢつと浸つてゐると、身も心もとろ〳〵にとろける
やうだ。
（昭和十三年十二月十九日「風来居日記」）

銭が切れ、湯にいけなくなったら、馴染みの番台の老人に湯札を二三枚喜捨してもらったこともある湯田通いであったらしい。

午後、のんびり湯に浸つて顔を剃つた、これが今日の幸福だつた。
（昭和十四年二月八日「風来居日記」）

こういった日常の中での「湯」の幸福である。山頭火は山口や九州の由布院の温泉地などはもちろんのこと、伊豆の温泉や草津温泉、万座温泉も訪れている。

万座温泉
水音がねむらせないおもいでがそれからそれへ
（「行乞記」）

最後に終の栖となった四国の松山の一草庵には道後温泉がひかえていた。

ずんぶり温泉のなかの顔と顔笑ふ
（「一草庵日記」）

お湯好きの山頭火は終世、温泉に執着して、最後の年もこの道後温泉近くに身を置いて寿命を全うしたのである。

もう死ぬる金魚でうつくしう浮く明り

（「行乞記」）

人間により遠いもの

この句は昭和七年四月廿一日、福岡の若松を行乞していた頃、生まれた。この年は死の意識が去来していた時期であり、もう死ぬるばかりの金魚に自分のこころを重ねたのであろうか。「うつくしう浮く明り」とは感性の研ぎ澄まされた表現である。

山頭火の俳句には、作者の心情が反映している作品が多い。以前の「層雲」時代の作品に比べ、出家得度して行乞生活に入ってからはその作風がガラリと変貌したかに見える。

山頭火は「私を詠う」ということを常々述べているが、山頭火の面白さは、表現もさることながら、そこに作者の思想が読み取れる点にある。

うつくしく浮いてる金魚の明かりに、或いは死の憧憬すらも感じられる句で詩的である。

鳴きつつ呑まれつつ蛙が蛇に

（「行乞記」）

総じて、獣よりも鳥が好き、人間は人間にヨリ遠いものほど反感をうすらげますね。

（昭和九年二月二十一日「其中日記」）

「人間により遠いもの」。生き物は生き物を食べて己の命を繋いでいかねばならない。これは弱肉強食の掟である。我々人間にとってもそうである。宮沢賢治が童話『夜鷹の星』で、虫たちを食べねば生存できない己の存在を悲しんで、生き物を食べることを拒絶し、天空の「星」に自身を昇華させてゆく物語は、弱肉強食を超えた詩の領域である。

「鳴きつつ」蛇に呑まれる蛙の悲鳴を哀れと思う感情が詩のこころであり、作者の思想であろう。

たべやうとする蜆貝みんな口あけてゐるか　（「其中日記」）

蜆貝をこしらえつゝ、私は私の残酷さや、人間の残忍といふことを考へずにはいられなかつた。

（昭和十年九月十二日「其中日記」）

という。みんな口をあけて煮られている蜆貝。どうしょうもない生き物の存在の悲しみが沈潜してゆく。これはまた、「禅」の精神が根底にあるのであろう。

水に放つや寒鮒みんな泳いでゐる　（『孤寒』）

この句も同テーマの作品である。

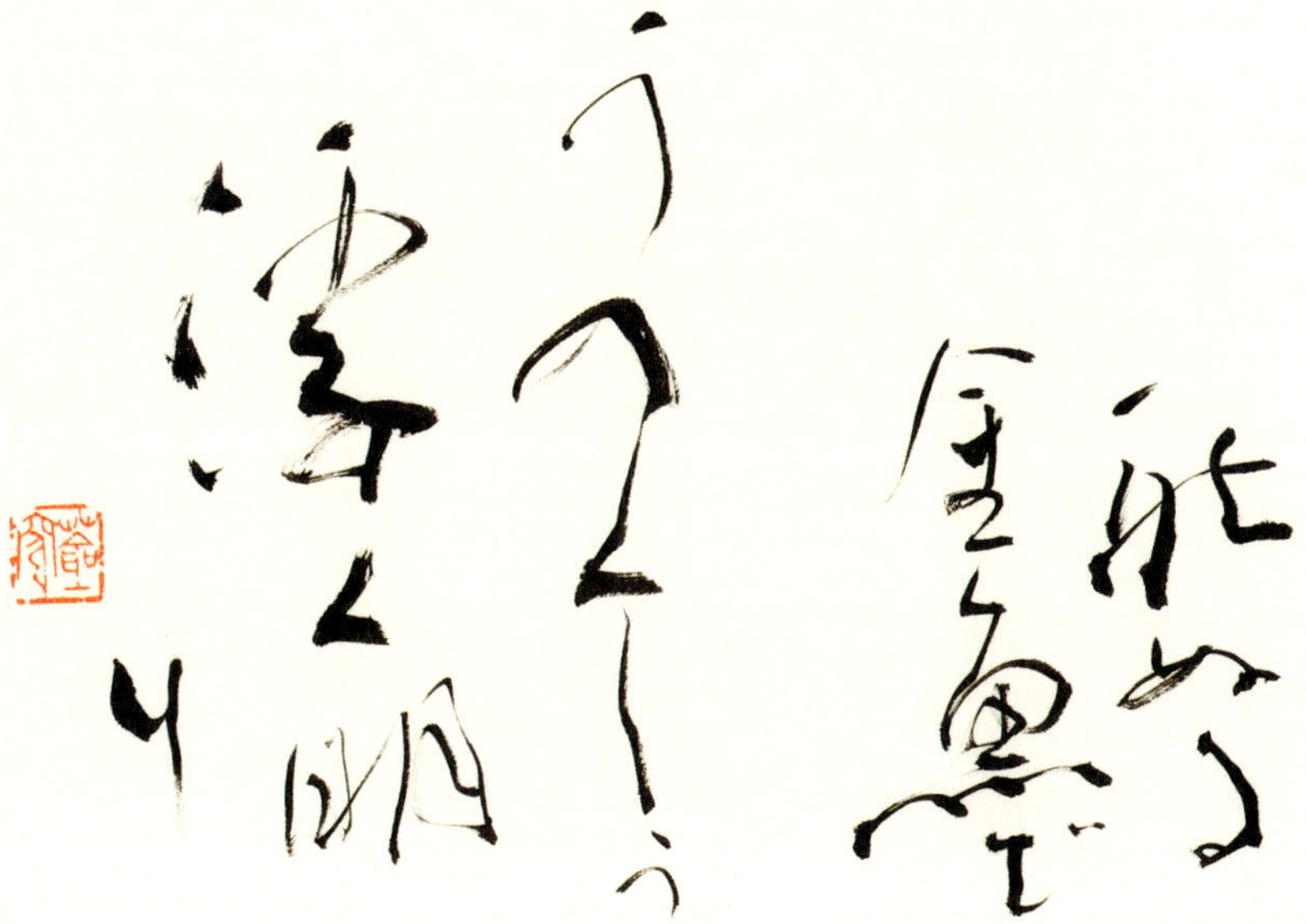

水に放つと寒鮒はぴち〳〵生きかへる、放たれても桶の中であり、生きかへつても殺される。

（昭和十一年十二月十一日「其中日記」）

この感情を山頭火自身も「月並みな感想」で「幼稚なセンチであらう」とも言っているが、これは山頭火の生き物に対するやさしさであろう。「生命を尊いと思ふが故に、生命をつないでくれる物品を尊ぶのである」と付け加えている。詩人の金子みすゞの詩心にも通じる句ではある。

産んだまま死んでゐるかよかまきりよ　（『柿の葉』）

この命の交代の、極端な形の哀れさ、山頭火の生き物を見る目はそういう視点に焦点が絞られるのである。

みごもつてよろめいてこほろぎかよ　（『雑草風景』）
野良猫も子をもつて草の中に　（「其中日記」）
ゆうべなごやかな親蜘蛛子くも　（「同」）
蛙をさなくて青い葉のまん中に　（『其中庵便り』）
すゞしく蛇が朝のながれをよこぎつた　（「行乞記」）
秋風の、腹立ててゐるかまきりで　（『山行水行』）

つら〳〵生き物の世界を観ずるに、およそこゝざかしきものは人間なり。

（昭和十四年九月十九日「風来居日記」）

びつしより濡れて代掻く馬は叱られてばかり　（『行乞途上』）

牛は重荷を負はされて鈴音りんりん　（『行乞道草』）

労働力として人間に使われる動物たちの姿である。

山頭火の体質に、動物を労働力として使うことにかかわらず、根底的に「およそこざかしきものは人間なり。」という人間否定の思考が背後にあったようである。

卑怯だけれど私は人間から逃避する、そして勇敢に自然の中に沈潜する。

安易な妥協は私の性情が許さない。　（昭和十三年十月八日「其中日記」）

山頭火は多くの俳友にも恵まれていたが、その人生は人間に、自分に絶望してゆくこころを立て直そうとする禅門であり俳句でもあった。

そうしてそれは人間より遠い存在にこころが傾いてゆくのである。

水は玲瓏として鴛鴦つるむ　（「其中日記」）

水は澄みわたるいもりいもりをいだき　（「行乞記」）

この二句は生き物の「生殖」を詠んで、その行為の尊さを美しく讃えている。そこには確固とした山頭火の視点が存在していて心地よい。

山頭火の動物や植物を詠んだ句を読んできて、その視点には《アニミズム》といった自然同化のこころが根底にあるように思えてならない。その漂泊そのものが自然や生き物に触れ得る、すなわち、自分を生かす世界の希求となっている。

暗さ匂へばほたる

（「行乞記」）

暗さが匂うという感性

川棚には夏ともなれば蛍が飛び交う。

この句が出来たのは川棚温泉に逗留していた昭和七年六月の初旬。


山はうつくしい、茶臼山から鬼ケ城山へかけての新緑はとてもうつくしい、希くはそれをまともに眺められるところに庵居したいものだ。

暗さ匂へば螢

（昭和七年六月三日「行乞記」）


山頭火が切に結庵を希望していた川棚温泉の蛍である。

次第にあたりの日が薄れ、川面の匂いや草の匂いが濃い闇に包まれてゆく。そして、かすかに蛍が飛びはじめる。

その一瞬を「暗さが匂へば」と端的に表現してゆく。

山頭火は所謂「俳句らしくない俳句」ということを常々語っていた。俳句革新である自由律の「層雲」で後世まで読み継がれたのは尾崎放哉と種田山頭火の二人であろう。

その大きな特長は、形式の自由さもさることながら、そこにはつづまるところ、人間性の発露

暗さ句へばほたる

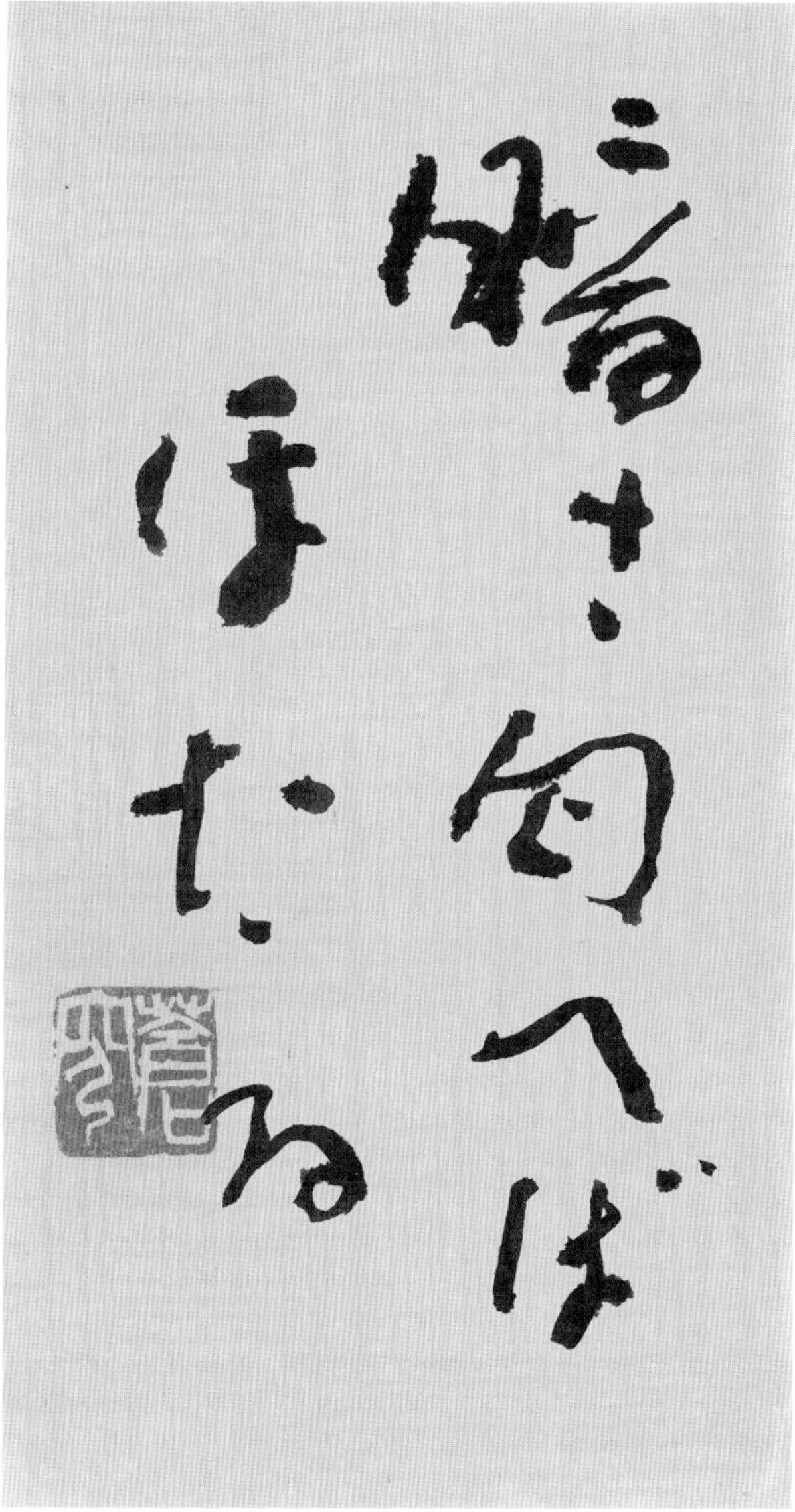

を土台とした豊かな感性と詩情が内在していることである。

「暗さ」と「匂う」と「螢」との感覚的構成美ともいうべきか。蛍を詠って、己のこころの気配を一瞬にして、流れるように結び付ける感性は、他に類を見ない。「水のいろの湧いてくる」と同種のみずみずしい感性である。

とんできたかよ螢いつぴき　（「其中日記」）

湯田温泉にはよく蛍が飛び交ったらしい。山頭火は湯田温泉について語っている。

湯田温泉
夏山のかさなれば温泉のわくところ螢、こゝからが湯の町大橋小橋

湯田
螢、こゝからが湯の町大橋小橋　（『其中庵便り』）

蛍を詠んだ句に次のような作品もある。

うまれた家はあとかたもないほうたる　（『狐寒』）

この「ほうたる」には跡形もない生まれた家を前にしての、ある呆然としたこころに去来するものが、蛍という嘱目《しょくもく》で表現されている。

柚子

ゆふ空から柚子の一つをもらふ　（『其中一人』）

感謝というこころの品性

山頭火はこの句についてこう述べている。

……私もだん〳〵落ちついてきました、そして此頃は句作よりも畑作に身心をうちこんでをります、自分で耕した土へ自分で播いて、それがもう芽生えて、間引菜などはお汁の実としていたゞけるやうになりました、土に親しむ、この言葉は古いけれど、古くして力ある意義を持つてゐると痛切に感じました。……

柚子のかをり（にほひでなくかをりである）、そのかをりはほんとうによろし。

（中略）

芋の葉、それをちぎつてつゝんでくれる

ゆふ空から柚子の一つをもぎとる

（昭和七年十月十二日「其中日記」）

山頭火は長年の放浪生活から、やっと念願の庵を結び、落ちついた生活に入った。茅葺の空家であった廃屋に手を加え、「其中庵《ごちゅうあん》」と命名した。

庵は小郡の矢足という村落にあり、敷地七十五坪ぐらいで、二十坪ぐらいの家である。裏は雑木林で竹林も広がり、柿の木、柚子、なつめ、茶の木、などがあり、ささやかな菜園もついている。敷地の隅には井戸もあり、水も不自由がなかった。山頭火も大いにこの自然に囲まれた住ま

ゆふ空より梅の一えをもらふ

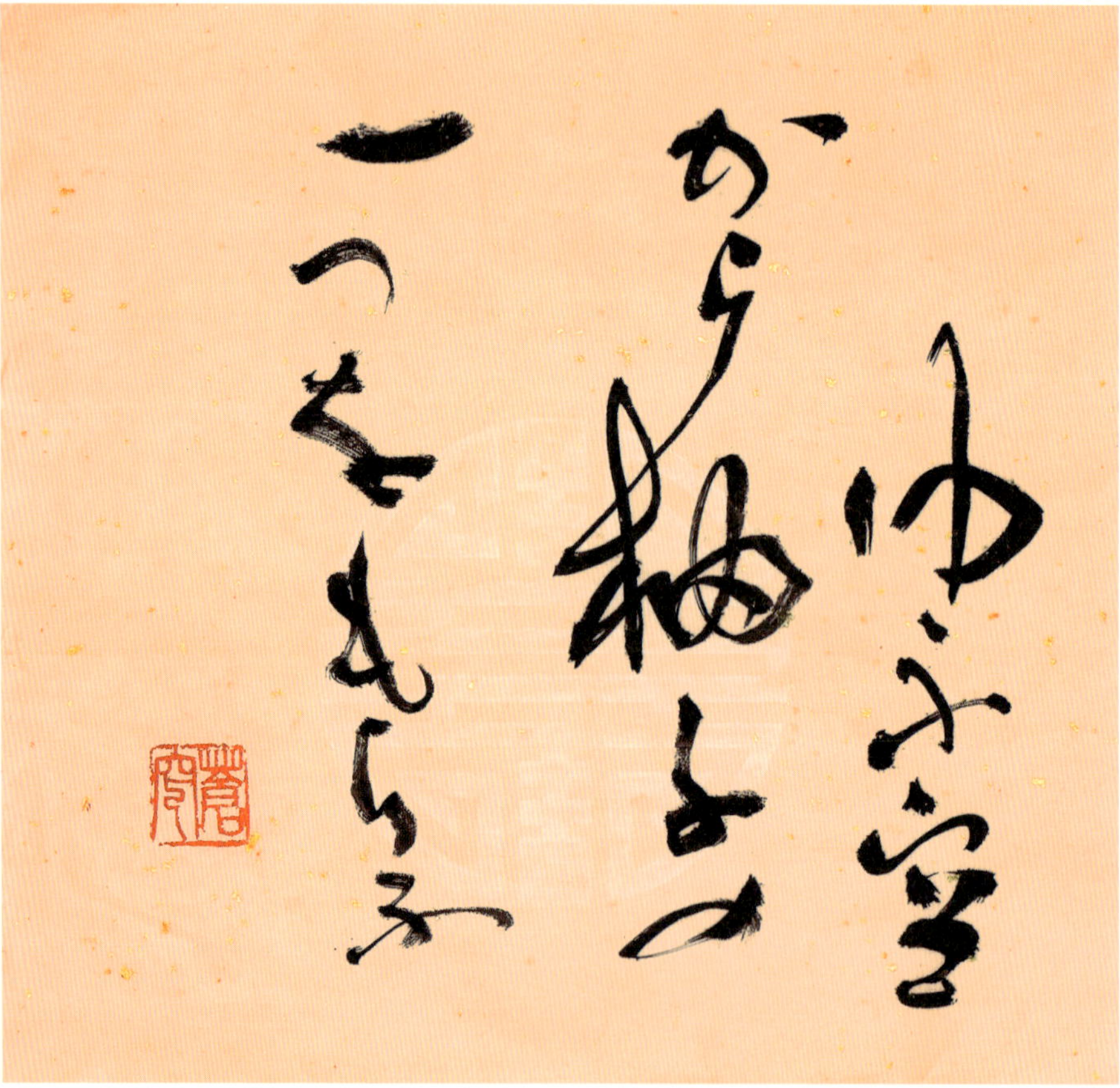

いを気に入った。入庵したのは昭和七年の九月二十一日である。この庵は「層雲」同人である若い藤森樹明君の世話どりである。

この句が選録されている『其中一人』という句集の意味合いは文字通り「其の中にたった一人でいる」という意味であり、普門品の「其中一人　作是唱言　諸善男子　勿得恐怖」から来ている。井泉水が京都の橋畔亭に移った時、その亭を「其中一人居」と名付けようと思っていたが、沙汰やみとなり、山頭火がその名を貰い受けて「其中庵」とし、『其中一人』という句集名になったいきさつがある。

ゆふ空から柚子の一つをもらふ

この句も美しい。しかし、普通の「美しさ」とはどこか違う。この句の「もらふ」は日記稿では「もぎとる」になっていた。のちに山頭火は「もらふ」と改め、『其中一人』に収録した。そのことにより精神的な美しさが加わったようである。

禅門に入った山頭火は晩年にこんなことも言っている。

芸術は誠の心であり信である、誠の心であり信であるものの最高峰は感謝であり、感謝の心から生れた芸術であり俳句でなければ、本当に永遠性を持ちそして人を動かす事は出来ないであらう。

感謝の心があればいつも喜びに浸つてゐて、ゆつたりとした落ちつきがあらう、さうした心の豊かさの中にいつも私はありたい、拝む心で生きそして拝む心で私は死なう、

（昭和十五年九月十一日「一草庵日記」）

その「感謝の心」が句の品性となり、「ゆふ空から」という美しい自然に対する感謝の気持ちと、「柚子をもらふ」という謙譲のこころが、この句に深い精神的な美を漂わせている。

ゆうべあかるくいろづいてきて柚子のありどころ　（「其中日記」）

山頭火には禅僧として、食としての植物を尊ぶ精神が一方ではある。庵の裏にはささやかながら耕す畑がある。庵に定住した頃は「独り者は忙しい」とかいいながら、野菜を育てたり、料理をしたりと自給自足的な仕事があった。これは禅宗でいえば「作務」としての修行の一つであろう。この「作務」という修行は「座禅」よりも重きを置かれる修行の一つであるとも言われている。山頭火はその「作務」である畑仕事の中から極めて人間的に、或いは俳人として、そこに「詩」を発見してゆくのである。

人間に対して行乞せずに、自然に向つて行乞したい、いひかへれば、木の実草の実を食べてゐたい。（昭和七年四月十日「行乞記」）

とも、山頭火はいう。

夕立が洗つていつた茄子をもぐ　（『山行水行』）
なんとうつくしい日照雨ふるトマトの肌で　（「其中日記」）
たべきれないいちしやの葉が雨をためている　（「同」）
けさはけさのほうれんそうのおしたし　（「同」）
晴れきつて大根二葉のよろこび　（「同」）

茗荷

朝は涼しい茗荷の子

（『行乞途上』）

植物をいつくしむこころ

朝は涼しい茗荷の子

植物を詠んだ句で至ってシンプルで写生的な句である。元来、俳句とはシンプルでスケッチ風な作品が、かえって読む人のこころに残るものである。

しかし、この句の魅力は「茗荷の子」に注がれる山頭火のやさしいまなざしが背景にあるからであろうか、なぜかこころに残る作品である。

それは「朝」と「涼しい」ということばで「茗荷の子」をつつみ、ふと見つけた茗荷の子に、目を細める山頭火のやさしい人間性が、的確なことばの斡旋で極めて印象的な小世界をなしている。

山頭火は、随筆「無題」の中で「句作の場合」と称して、

添へるよりも捨つべし。
言ひすぎは言ひ足らないよりもよくない。

朝は緑したたる

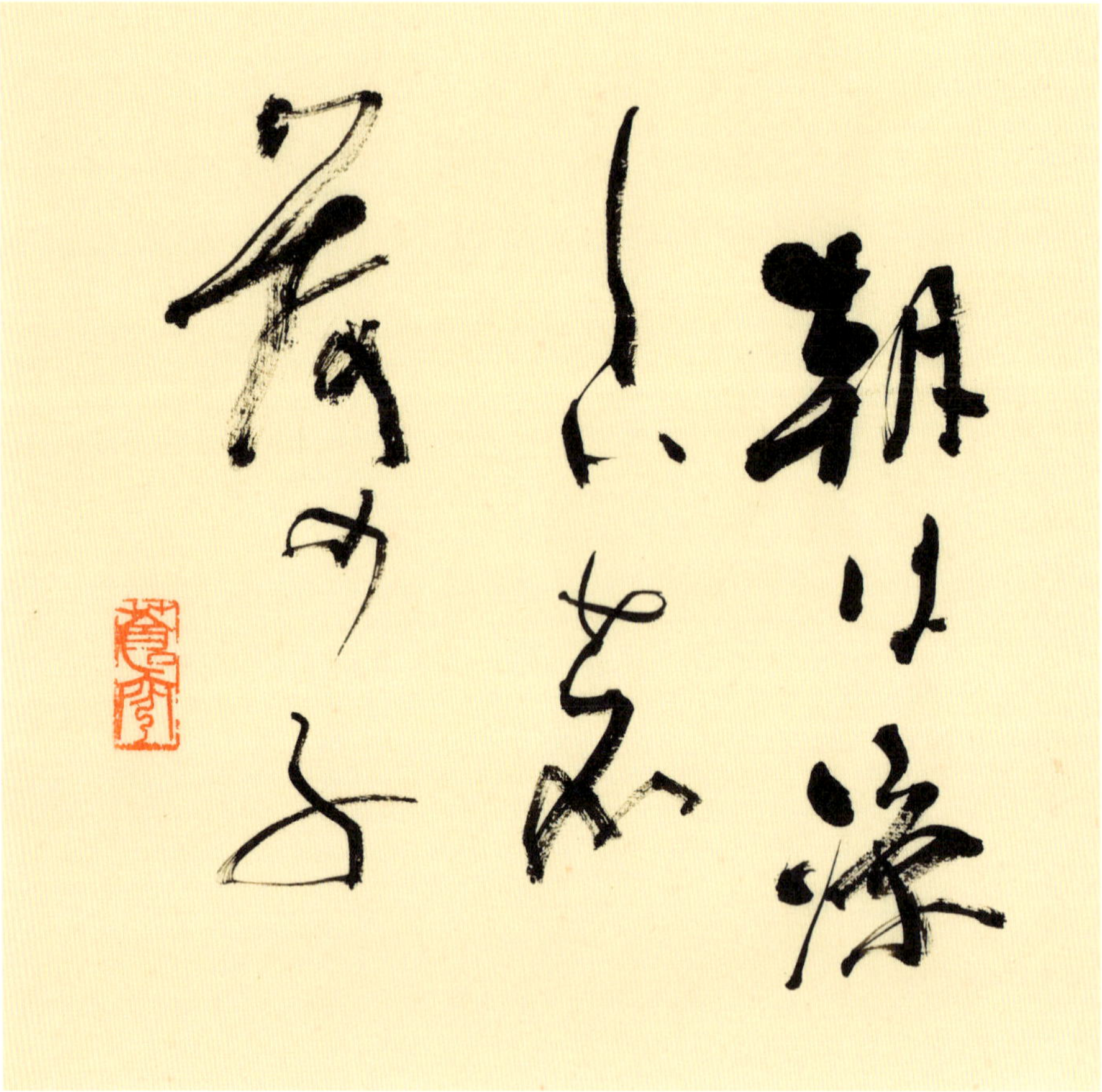

という。

剝ぎ取って剝ぎ取った末にみえるもの、作者自身、極力そのシンプル性を意識している。「層雲」の提唱する所謂「新しい俳句」という意識が根底にあるにしても、やはりこれは、山頭火自身の美意識であろう。また、山頭火は「象徴」ということをこんな風に言っている。

自己純化――身心一如。

（中略）

個を通して全を表現する、象徴的表現は象徴の世界に踏み入らなければ不可能だ。

（昭和十五年八月十八日「一草庵日記」）

一瞬の「個」を切り取って、「植物に対して行乞する」といった愛情、すなわち「全」。この植物に対する愛情を「茗荷の子」に象徴させることでもあろうか。茗荷の子にそそがれるまなざしは「象徴」といった大仰なものでないにしても、そのまなざしには山頭火のいう「自然そのままの状態」に深い敬意を払い、そのことを詠うという視座がすなわち象徴となるのであろう。自然を人間の「思想」の手段として詠む句を深く戒めている。

このことと関連して、山頭火には自然も人間の手が及ばない、自然界のそのままの姿形にひとつの発見をする傾向があり、そこには素朴な情愛のこころが内在する。

ぽつきり折れてそよいでゐる竹で

（「其中日記」）

落ちてそのまゝ芽生えた枇杷に枇杷　（「其中日記」）

竹の子竹となる明るい雨ふる　（「同」）

木の実すつかり小鳥に食べられて木の芽　（「同」）

ここに挙げた一連の作品を「自然体」と名付けてみる。「自然をどれだけ見得するか」、そこに作者の自然に対する愛情の深さ、山頭火の言葉を借りれば「人格」と「句格」「句品」が定まる。「折れたまま」でもそのまま「そよいでいる竹」。「竹の子」が掘られないでそのまま雨のなかで「竹になる」という本来持っている竹の自然体。「枇杷の実」が落ちてそこから、芽生えてくる枇杷の親子。木の実も小鳥にすっかり食べられても「木の芽」が吹いてくるという生命力。一見我々が見過ごしてしまいそうな植物の形態を温かく切り取って句にする。こういう自然に対する視点を持つ俳人は外に類を見ない。

山頭火は、

所詮、句を磨くことは人を磨くことであり、人のかゞやきは句のかゞやきとなる。人を離れて道はなく、道を離れて人はない。　（随筆「道」）

と言い切る。山頭火の人生は酒と孤独と破戒の人生である。そんな中でも彼は必死に句を磨こうとする。句を磨くことはこころを磨くことでもある。こころが卑しければそれは句に如実に現れることを山頭火は知っている。

寝てをれば花瓶の花ひらき

（「其中日記」）

花はその花のように

清楚で、ひかえめで、小ぶりな花が山頭火の好みのようだ。自然は自然のままに、花はその花のように。これは前章の植物の命に対する敬意とも繋がる。

利休が茶の湯の心得を説いた言葉の中に、
　花はその花のやうに
といふ一項があつた、うれしい言葉である。
物のいのちを生かし、物の徳を尊ぶ心、それが芸術であり道徳であり、宗教でもある。

（昭和十三年二月十六日「其中日記」）

そのものの命を生かすこころ。これは花を生けることのみならず、人間としての生き方、或いは芸術、俳句の世界の根底をなす思想であったのであろう。特に植物を詠んだ俳句には、その植物の生態そのものに視点が注がれている美しさがある。

夜はしぼむ花いけてひとりぐらし

（「其中日記」）

摘みおれバ花瓶の
そびらき

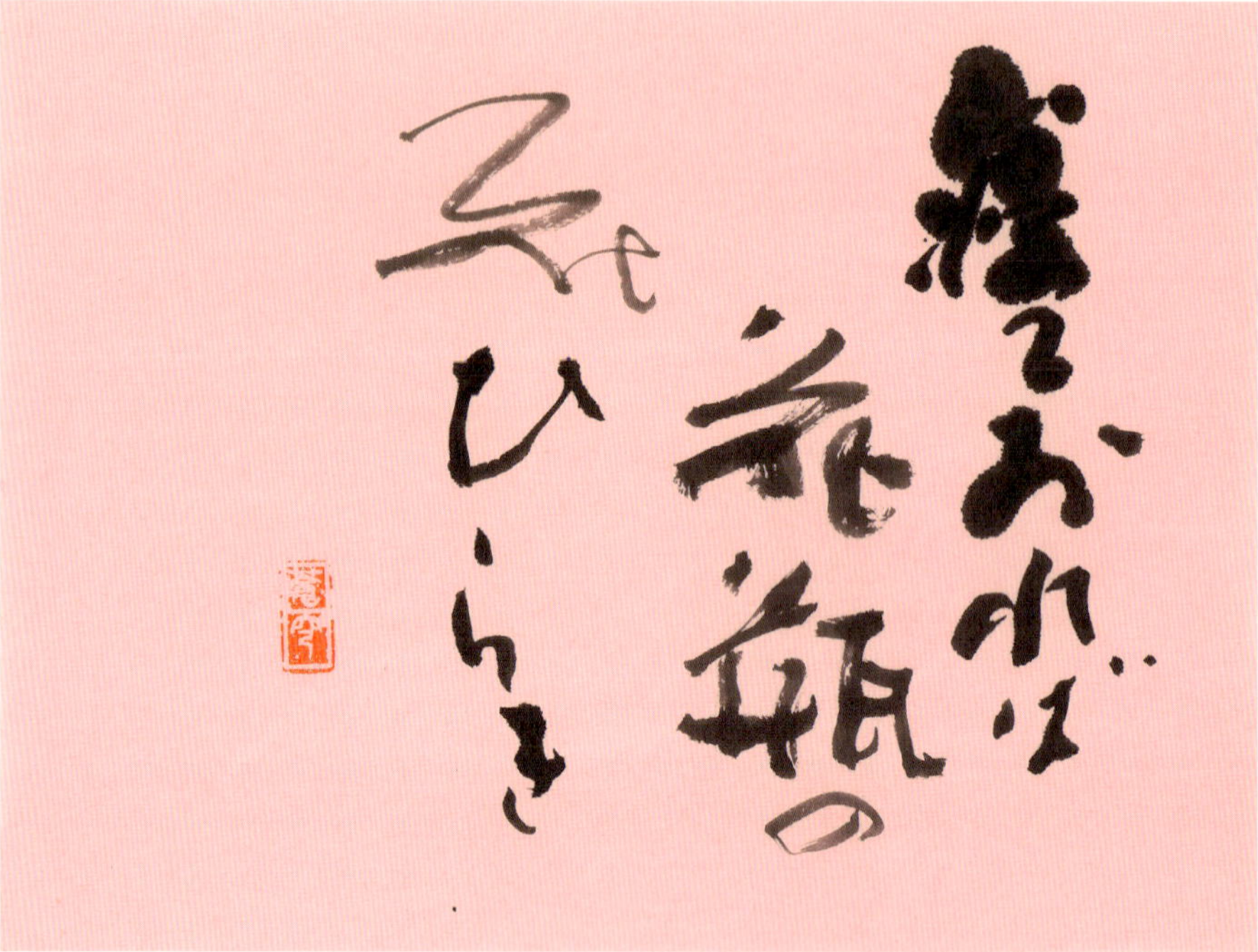

自然に即して思想が現はれる、思想を現はすやうに自然を剪裁するのではない、——これが私の現在の句作立場である。

（昭和十二年五月廿九日「其中日記」）

このことは前章でも少し触れたが、この句を読んでいると、自然のありのままのさまざまな形態を観察して、それを切り取り、作者の生き様を添える形が多いことに気付く。

この句の場合は「夜はしぼむ」は花の形態であり、そこに「ひとりぐらし」の孤独の感慨をそっと添えるという作者の句作基本が最もあらわれた作品である。

人間の思想を中心として、そのことを表現するために自然を強引に換骨奪胎している作品を目にするが、山頭火はそういう方法をとらない。つまり、「思想を現はすやうに自然を剪裁」しないのである。このことは山頭火の俳句の根底をなしている姿勢である。そういうふうに眺めてみると、山頭火の自然観は自然のありのままの形態を写し取る手法であるが、そのことが却ってその句の背後に、深い植物に対する愛情が湛えられたものとして我々のこころに響いてくるのである。

あざみあざやかなあさのあめあがり

（『行乞途上』）

さて、其中庵のまわりは自然に満ちていた。雑木に囲まれた山々。櫨《はぜ》の葉の美しさ。茶の花、柚子、柿の木。少しのぼれば、雑草のなかからしみじみと湧きでる泉がある。道々には名も知れぬ草ばな、あざみ、螢草、竜胆《りんどう》、しゃじん、虎の尾、螢袋といった野の花。山頭火は其中庵によく花を生けた。その花々はおおむね野の花で、昼顔、裏山の茶の花、露草、すすき、撫子などである。

土手から摘んできた河原撫子を机上の壺に活ける。

（昭和十一年八月十四日「其中日記」）

ひそかに咲く野の花や木の実にこころ惹かれる山頭火である。昭和七年の六月頃は山頭火はしばらく川棚温泉に滞在した。木下旅館に投宿していた頃も、客室に花を活けた。

野を歩いて青蘆を切つて活けた、何といふすが〳〵しさ、みづ〳〵しさぞ、野の花はみんなうつくしい、生きてゐるから。

朝風の青蘆を切る

（六月十日　川棚　木下旅館「行乞記」）

こちらむいて椿いちりんしづかな机

（『其中庵便り』）

いちりん挿しの椿いちりん

（『其中一人』）

あざみあざやかなあさのあめあがり

雪へ雪ふるしづけさにをる　（『其中一人』）

其中庵には冬ともなれば雪がふる

「雪へ雪ふるしづけさ」とはなんと静謐な世界であろう。その清浄な静けさにひとり居る山頭火の透明な孤独を思う。

雪そのものを味ふた、雪そのものを詠ひたい。（中略）しづかにしてさみしからず、まづしうしてあた丶かなり、いちにち雪がふつたりやんだり、（昭和八年三月十三日「其中日記」）

「雪へ雪ふるしづけさ」とは雪そのものを詠うこころであろう。

わらや雪とくる音のいちにち（『其中庵便り』）

わらやしたしくつららをつらね（「其中日記」）

其中庵は茅葺の草庵である。雪はつららとなり、やがて雫となって音をたてる。

雪、雪はうつくしいかな、雪の小鳥も雪の枯草も。

わらやふるゆきつもる――これは井師の作で、私の書斎を飾る短冊に書かれた句であるが、今日の其中庵はそのま丶の風景情趣であつた。（昭和九年二月十五日「其中日記」）

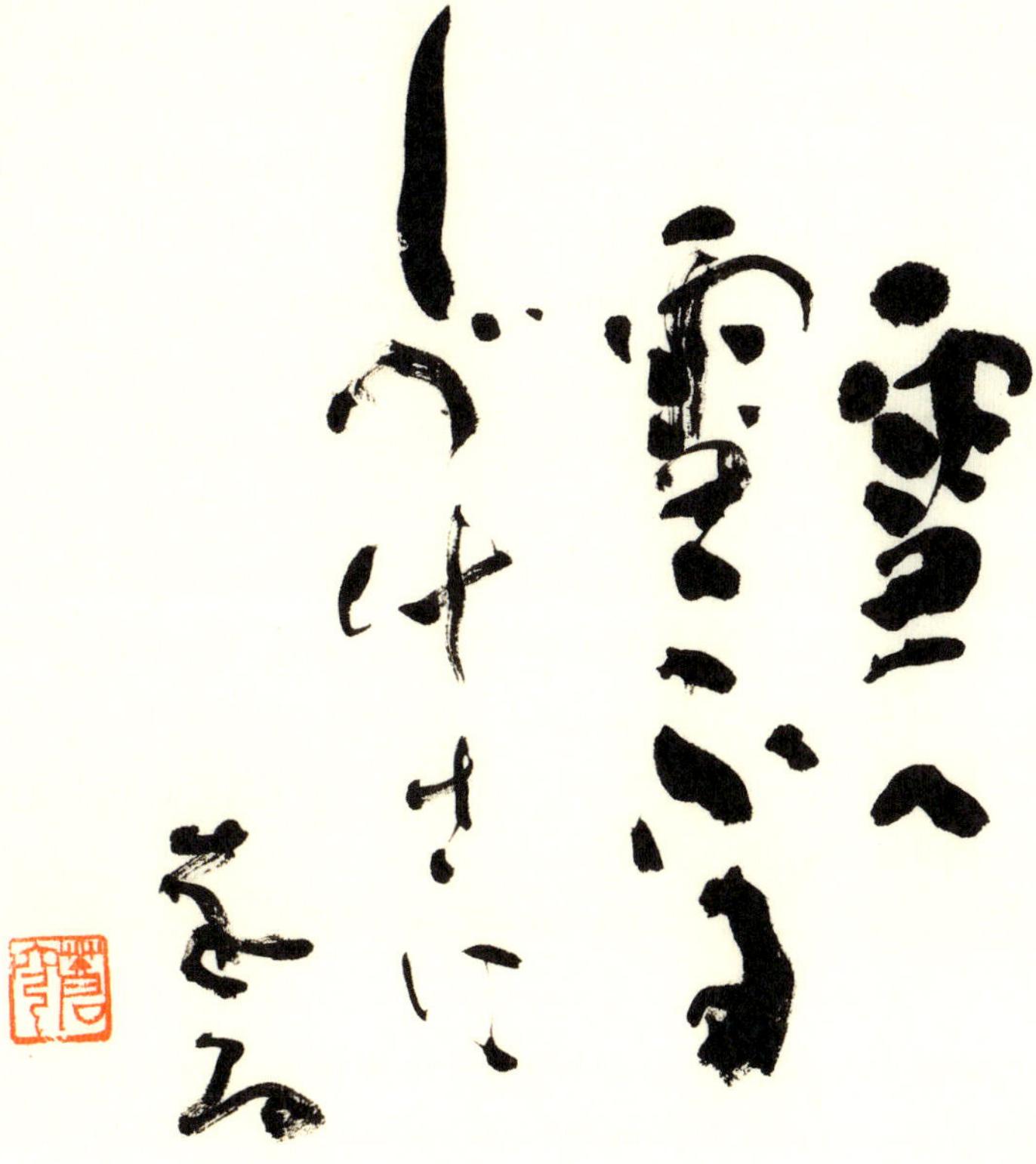
雪へ
雪がふる
しづけさに

わらやふるゆきつもる

この句は荻原井泉水の句で、それを短冊にして掛け、其中一人を守る山頭火である。山頭火は漂泊の俳人というイメージが濃厚であるが、小郡の其中庵でも多くの秀句を残した。山頭火は昭和七年から昭和十三年の約七年間ここで過ごすことになったが、漂泊の句とまた違った内面性のある質の高い句も多い。この「雪へ雪ふる」の句もそのひとつである。

ここでは「雪」を詠んだ句をすこし眺めてみよう。

わが庵は雪のあしあとひとすじ　（「其中日記」）
雪のあかるさが家いっぱいのしずけさ　（「同」）
雪がふるしみじみ顔を洗う　（「同」）
寝ざめ雪ふるさびしがるではないが　（「同」）
誰も来ない木から木へすべる雪　（「同」）

漂泊の人生には自由さと裏腹に身を寄せるべき所も無い淋しさが常に付き纏っていた。やっと得た草庵であったが、そこにはまた、漂泊の淋しさとは違った独居の淋しさが山頭火の胸を浸してゆく。誰も訪ねてこない雪の庵で独り火を焚く山頭火である。

雪ふる火を焚いてひとり　（「其中日記」）

月へひとりの戸はあけとく
（『其中庵便り』）

閑居の気味、月光を部屋まで入れて寝るとする

さて、其中庵の月も美しくさびしい。月を詠むのはむつかしいと山頭火自身も語っている。

歳時記を読みつゞけて、気がついたことは、月の例句は多すぎるほど多いが、さても気に《マヽ》入つた作は殆んど見つからない、一茶の句に多少ある、芭蕉はあまり多く作つてゐないやうである。

（昭和十三年九月廿五日「其中日記」）

月の障子のあかるさで寝る　（「其中日記」）
石へ月かげの落ちてきた　（「同」）
寝床まで月を入れ寝るとする　（『鴉』）
寝るよりほかない月を見てゐる　（「其中日記」）

月へひとりの戸はあけとく　（「其中日記」）

放哉の句の、「こんないい月をひとりでみて寝る」と同種のさびしさである。そして、その美しい月を部屋のなかまで入れておきたいという気持ちが、「月へひとりの戸はあけとく」という

月やあらぬ
のえには
あ中とく

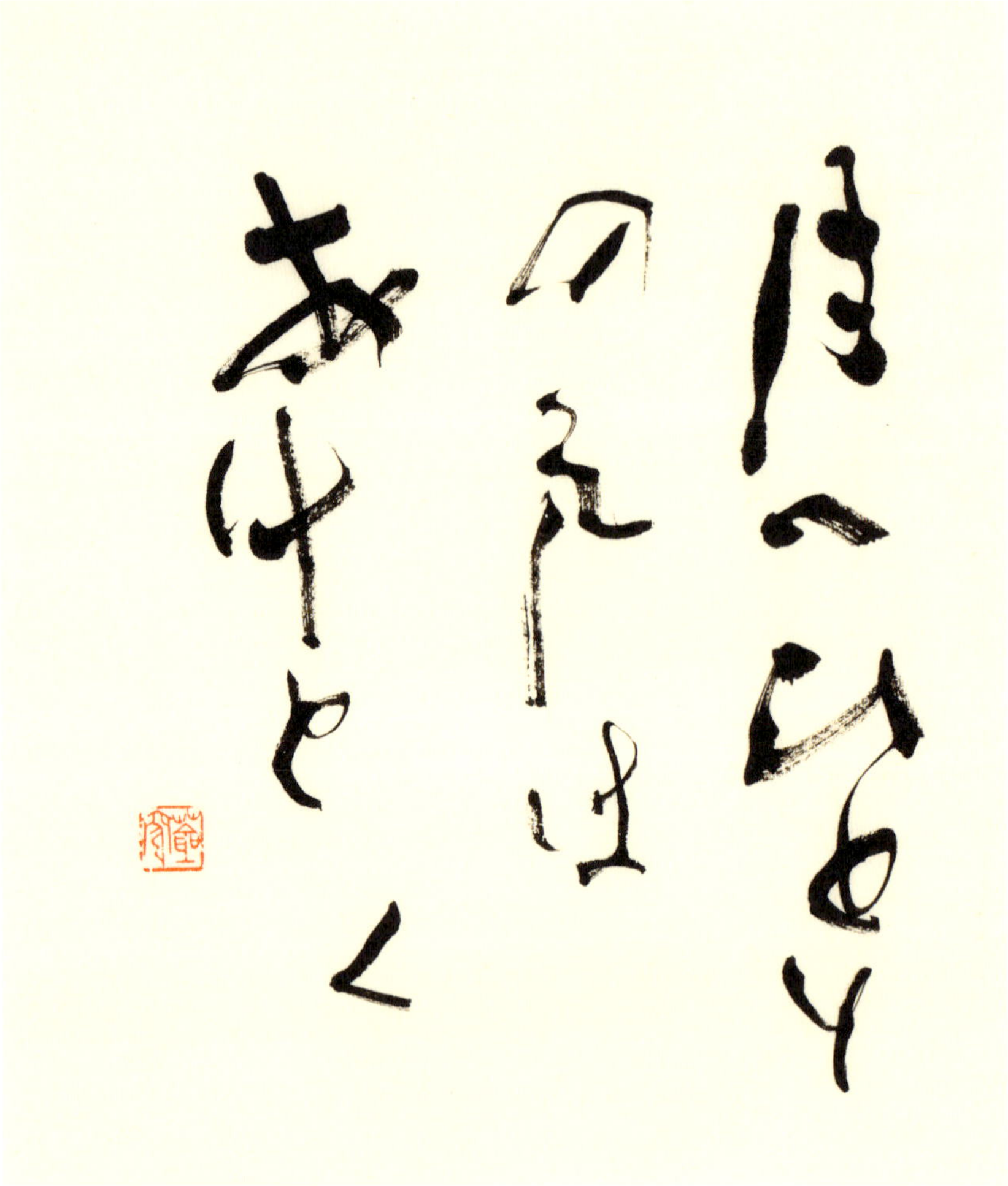

こころになるのであろう。これは「月」に対する癒しのこころであろうか、自然と共に生きる閑居の気味である。やはり、「月」を詠んでも山頭火特有の詩情が漂っている。

また、漂泊中の「月」を詠んだ句にもいい句がある。

月夜あかるい舟があつてそのなかで寝る　（『四国遍路』）

食べて寝て月がさしいる岩穴　（『同』）

　野宿いろいろ

生きの身のいのちかなしく月澄みわたる　（『同』）

この句は、昭和十四年の四国巡礼の旅での野宿した時のものである。月を「舟」や「岩穴」から観る漂泊の句ではある。

うしろから月のかげする水をわたる　（『山行水行』）

この句も漂泊の寂寥感をたたえた透明な孤独感が漂う作品である。背後から月明かりのする水辺を渡る旅人の孤影である。

ほんに美しい満月が昇つた、十分の秋だつた、私は当もなく歩いたが何となく淋しかつた、流浪人の寂寥であり孤独者の悲哀である、

（昭和十五年八月十八日「一草庵日記」）

晩年の一草庵には同じく句を嗜む高橋一洵が近くに住んでいた。

夜は、一洵老来庵、月がよいので出かけて来たといふ、おそくまで話し合つた、私の気分もだいぶ軽くなつたやうだ。
虫がしつとりと月に光る草のしとねに鳴いてゐる、寝床から月を観る。
（昭和十五年九月十二日「一草庵日記」）

また、こんないい月なのに一洵老は訪ねて来ないこともある。
こんなによい月夜だのに誰れも来てくれなかつた、一洵老、どうしましたぞ。
放哉坊の句を思ひ出さずにはゐられなかつた。
　こんなよい月をひとりで観て寝る
私にも自嘲の句二三ある。
　酒はない月しみ〴〵観て居り
　蚊帳の中の私にまで月の明るく
　あけはなち月をながめつつ寝る
（昭和十五年九月十六日「一草庵日記」）

個人的には、「酒はない月しみ〴〵観て居り」が山頭火の心情が滲み出て、放哉の句とはまた違った味わいがあるようである。

腹加減よろしからず、早々蚊帳を吊つて蚊帳の中で考へてゐる、まんまるい月が射しこむ、地獄の底の極楽か。――月が雲にかくれたりあらはれたり、私も悲しんだり微笑んだり、いつしか眠つた。
（昭和十五年九月十五日「一草庵日記」）

蚊帳の中まで照らされるひとり観る月である。

張りかへた障子のなかの一人（『鉢の子』）

独居の孤独

張りかへた障子のなかの一人　山頭火

この句は山頭火の句の中でも愛唱される句の一つであるが、放哉の、

障子しめきつて淋しさを満たす　放哉

と双璧をなす句でもある。自由律俳句の多くのなかで、今もその生命を失わないこの二人の俳人は、いずれも其の人生のすべてを俳句とした点で、異彩を放ち、あわせてその丈高い詩精神でもって我々に訴えかけてくる。

ひとりで障子いつぱいの日かげで　（『其中庵便り』）

長年、放浪と行乞の人生に疲れを感じていた山頭火は迂余屈折の末、念願の庵、其中庵に落ち着くことができたのであるが、暫くすると、新たな寂しさが身内を貫くようになる。其中庵を紹

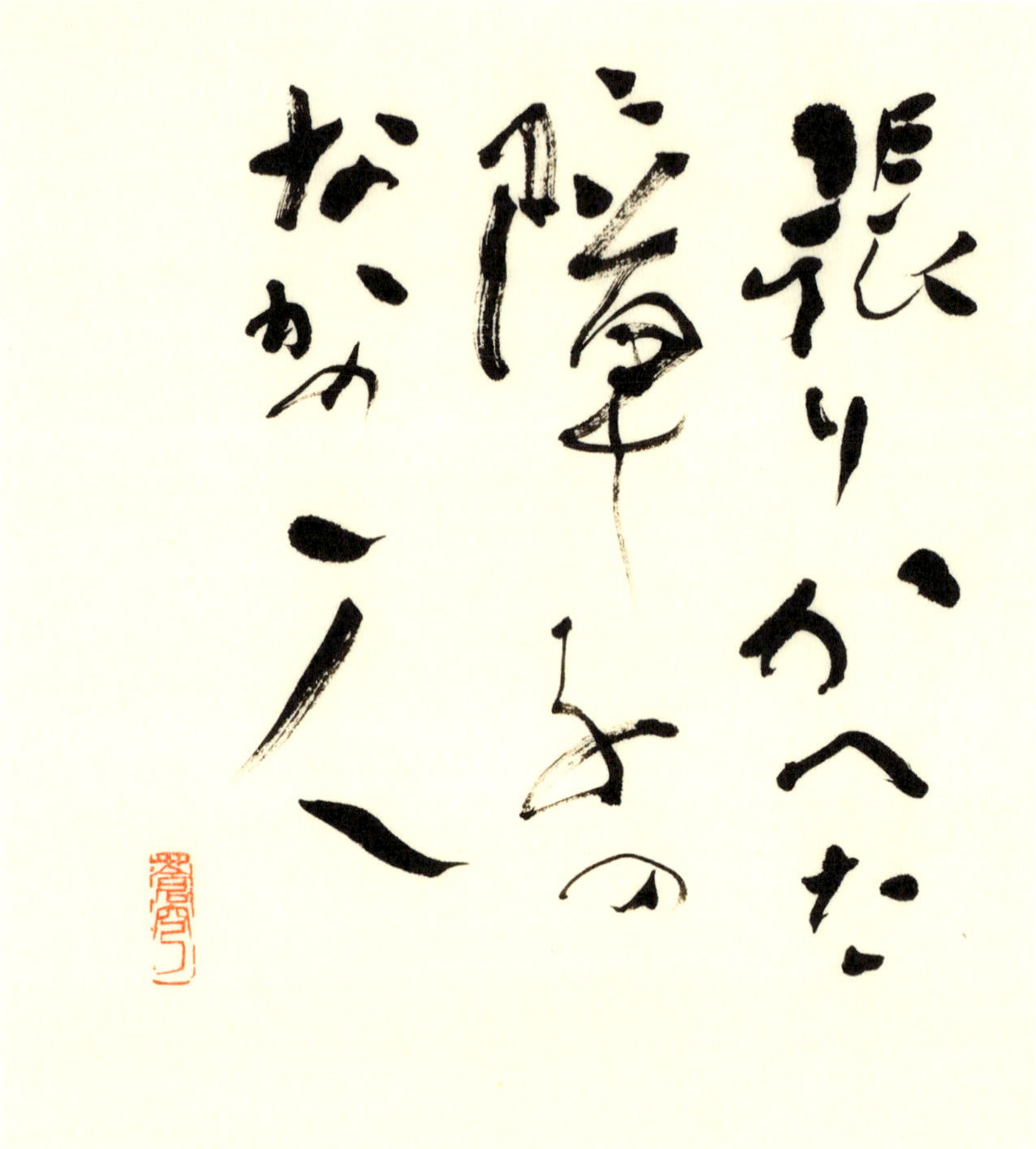
張りかへた
障子の
なかの一人

介してくれた、俳友の樹明君や敬治君等の訪れはあつても、人恋しさは拭い去ることはできなかった。そのしみいるような独居の孤独感を美しく詠いあげる。

けふもいちにち誰も来なかつたほうたる　（『其中一人』）
人が来たよな枇杷の葉のおちるだけ　（『同』）
ひとりごといふ声のつぶれた　（「其中日記」）

「独り言」は孤独な人間のつぶやきでもあらう。

「其中庵」は山頭火の独居の日々である。読書や句作、畑仕事、野の花を愛でる山頭火であったが、やはり、ひと恋しい。特に美しい月の夜の頃などはその気持ちがまさるばかりである。幸い山頭火は多くの友に恵まれていた。だが、山頭火と違って「層雲」の仲間たちにはそれぞれ仕事や家庭というものがある。そうして全国に散らばっている。そうたびたびは其中庵にも訪れることもできなかったであろう。放浪の寂しさから結庵を求めた山頭火であったが、一人居《ひとりい》の孤独が身を苛むようになった。そんな時、友の訪れが無上の喜びとなる。

しぐれてぬれてれて待つ人がきた　（「其中日記」）
あんたが泊まつてくれて春の雪　（「同」）
みんな去んでしまえば水音　（「同」）

沈鬱やりどころなし、澄太君からも緑平老からも、また無相さんからも、どうしてたよりがないのだろう。
（「其中日記」）

その便りを待つこころが、

あなたのことを考へてゐてあなたのたよりが濡れてきた

という山頭火の叙情となって詠われる。

この緑平老とは「層雲」の同人で、九州の炭鉱医として、山頭火を物心両面に亙って助けた人物である。山頭火は自分の「日記」をこの緑平に預けて決して公表しないようにと頼んだという。

この透明な独居の孤独からうまれた作品群は、多くのひとびとの胸を打つ。

ふくろふはふくろふでわたしはわたしでねむれない
（『山行水行』）

ふくろうが近寄つて来て、すぐそこの木で啼く、私はしんみり読み書きする。
（昭和十三年四月廿九日「其中日記」）

どちらもさみしくてねむれないのである。

山頭火のさみしさは自身も述べているように生来の性格からきているようである。

さみしさは心の底から湧く、環境のためでない、境遇のためでない、性格のためである、センチと笑はれても仕方がない。

（昭和七年十月廿七日「其中日記」）

このさみしさは山頭火の生涯を通じて、付き纏う心の中の澱のようなものである。

水のにじむやうに哀愁が見ぬちをめぐる、泣きたいやうな、そして泣けさうもない気持である。

しづかな雨、憂欝な私、——ふさぎの虫めがあばれようとする。

（昭和十三年四月廿七日「其中日記」）

その哀愁は自身もどこからくるかもわからないのである。

けふいちにちはものいふこともなかつたみぞれ
しんじつ一人として雨を観るひとり
心おさへて爪をきる
ひとりにはなりきれない空をみあげる

いずれの句も其中庵での「孤独」を詠んだ句で「其中日記」に書きとめられたものである。

いただいて足りて一人の箸をおく（『鉢の子』）

知足安分ということ

其中庵の山頭火の食は、自炊が基本である。まがりなりにも禅僧であるので、食事は一汁一菜の質素な食事である。山頭火は「知足」ということをよく口にする。

知足安分。
他ノ短ヲ語ル勿レ。
己ノ長ヲ説ク勿レ。
応無所住而生其心。
独慎、俯仰天地に愧ぢず。
色即是空、空即是色。
誠ハ天ノ道ナリ、コレヲ誠ニスルハ人ノ道ナリ。

（昭和十三年「其中日記」冒頭文）

「知足安分」という精神は食事そのものに対する、つつましい心の在り方ともなる。甘んじて粗食を尊ぶ精神が自然界の恵みである食材に対する感謝の気持ちとなってあらわれる。それは足るを知ることの安心感である。

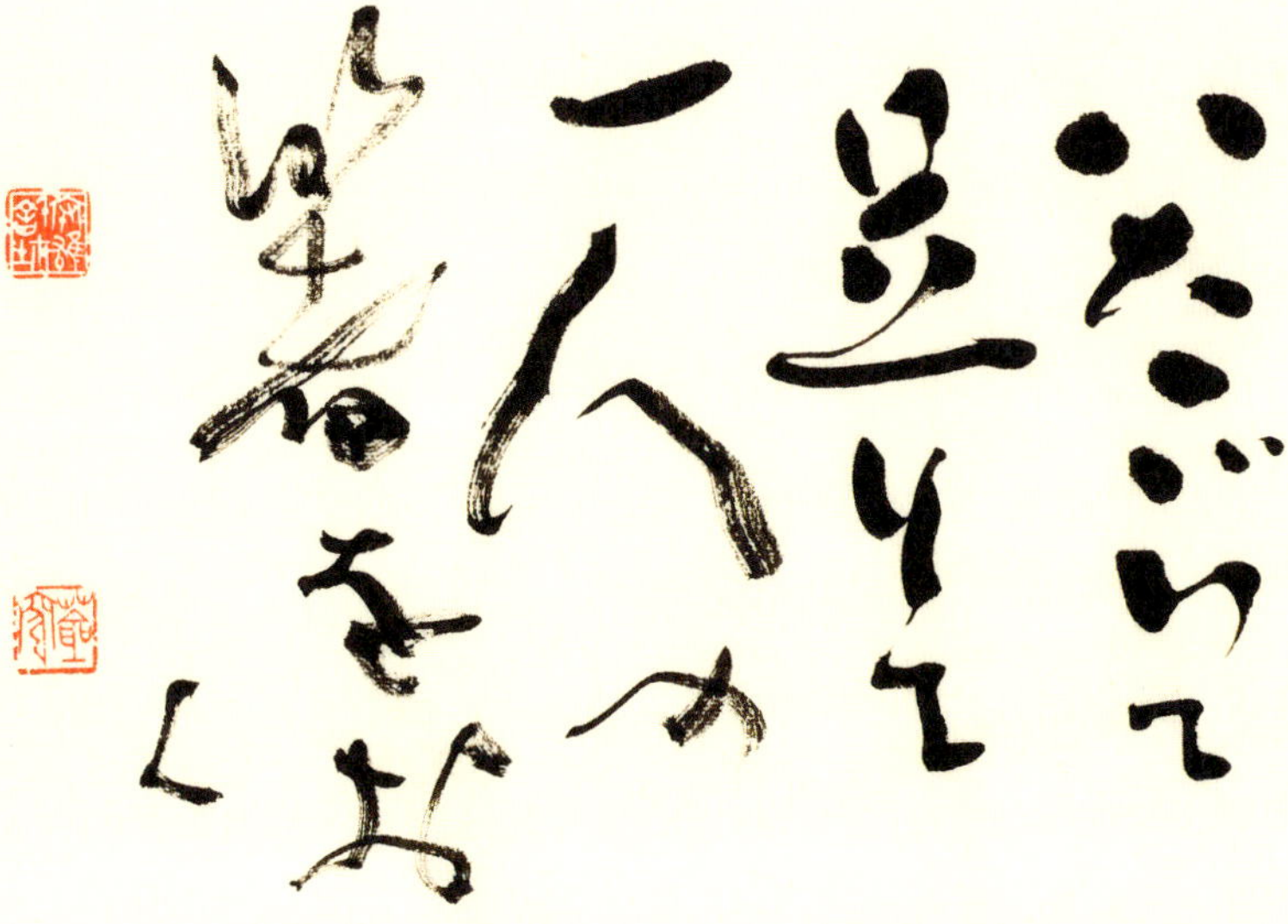
いただいて足りて一人の箸をおく

いただいて足りて一人の箸をおく

この句の精神的背景には、独居のさびしさと宗教的な「知足」の精神が背後にあるのであろう。禅では行住坐臥すべてが信仰である。永平寺での「食事」はうやうやしく拝礼して、めしや惣菜を受け取り、食にも厳格な作法があると聞く。そこには謙譲と知足の精神が根底にある。食材への感謝の気持ちが「いただいて足りて」に現れている。

しかし、日常的には食べることにも事欠く日があったらしい。

絶食と断食　（昭和十三年四月十日「其中日記」）

という日々が続くこともある。

雪のしたたる水くんできてけふのお粥　（「其中日記」）

ひざかりのひそかにも豆腐は水の中に　（『一人一草』）

清貧の持つ、食材そのものに対する美意識は味わい深い句となって、こころをとらえる。

食べるだけはいただいた雨となり　（「其中日記」）

あたしひとりの音させている　（「同」）

今晩は一碗の御飯しかない、お茶を熱くして蕗を味はひつゝ食べた。
夜になつて雨、落ちついて読書。　（昭和十二年六月五日「其中日記」）

さみしさへしぶい茶をそゝぐ　（「其中日記」）

そして、これらの句は避けがたいひとり居の食事の切なさ、人間の孤独の痛々しさとして、我々に迫ってくる。

こころすなほに御飯がふいた　（『其中一人』）

あるときは、真っ白なご飯が期待道理にあたたかな湯気をたてはじめた。そのよろこびを「こころすなほに」にと山頭火は表現する。大山澄太が庵を訪れると山頭火はこんなことを言ったという。

「心がすなほでないと、まいにちまいにち炊く御飯がうまくできないものだよ。わしは御飯をたく時には、ほかのことはせず、考えず、一心に御飯についている。その時の心が、無心であたたかに、ゆったりとしていると、御飯もまた、一つのリズムをもってほんがりと出来てくるものだよ」（大山澄太著『山頭火の言葉』）

このようなことばから生まれた「こころすなほに」である。

食事に関連して、ここではとくに「御飯」の句を多く残しているので、少しあげてみる。

飯の白さの梅干の赤さたふとけれ　（『層雲集』）

ひなたまぶしく飯ばかりの飯を　（『遍路行』）

其中庵在住の頃の日記などを読んでいると、次のような言葉にであった。

醬油も味噌もないので、生の大根に塩をつけて食べた、何といふうまさだらう。フレッシユで、あまくて、何ともいへない味だつた、飯とても同じこと、おいしいお菜を副へて食べると、飯のうまさがほんとうに解らない、飯だけを嚙みしめてみよ、飯のうまさが身にしみるであらう、物そのもののの味はひ、それを味はなければならない。

（昭和八年一月廿日「其中日記」）

そのこころが、

しみじみたべる飯ばかりの飯である　（「行乞記」）

けふの御仏飯のひかりをいただく　（「其中日記」）

という句境になるのであろう。また、山頭火はこんなことも言っている。

（一鉢千家飯）

村から村へ
家から家へ
一握のお米をいたゞき
いたゞくほどに
鉢の子はいつぱいになつた

（昭和九年二月四日「其中日記」）

ひかりあまねく御飯しろく　（「其中日記」）
飯のしろさも家いつぱいの日かげ　（「同」）

飯のうまさ、水のうまさ（モチ酒のうまさも）、食べるもの飲むもののうまさは行乞してからほんとうに解つた。（昭和八年七月三十一日「其中日記」）

と。また山頭火はいう。

飯のうまさ、眠りのよろしさ、——これだけでも私は幸福だ。（昭和八年六月廿五日「其中日記」）

山頭火の食を尊ぶこころには深い禅的な精神が背景にあるのであろう。禅宗では炊事を行うことを「典座職」といって極めて尊い修行の一つと考えられている。そのことが山頭火の血肉となってその句に表現せられるのである。それは「食」だけに限らず、人生そのものに、ある種の「幸福」のかたちを我々に提示してくれる。

飯のうまさと眠りのよろしさをありがたいと思えば、ひとは生きてゆけるものなのである。そしてそのことこそ究極の「清貧」の持つ安心立命であるともいえるのであろう。

あかるい、あたゝかい日ざし、それを浴びて味うてゐるだけでも、生きてゐることの幸福を感じる。（昭和十年一月廿六日「其中日記」）

孤独で死を意識する者のみにこそ見えてくる生を肯定的にみるかたちである。ここにも根源的な「清貧」の思想が垣間見える。

かうして生きてゐる湯豆腐ふいた　（「其中日記」）
雪あかりのまぶしくも御飯ふく　（『一人一草』）
煮える音のよい日であつたお粥　（「其中日記」）
蕗の薹のみどりもそへてひとりの食卓　（「同」）

清貧の中からみえてくる真実のもの。これは、まことのこころの豊饒に繋がる精神であるのかもしれない。山頭火はまた、「清貧」に加え、「求めないこころ」ということを言う。

求めない生活——私の生活について
貧しければこそ——
ほどよい貧乏。
（昭和十年七月二十四日「其中日記」）

求めるこころが強ければ、そこには時には不平や不満にこころが乱されることもある。求めないこころを基盤にもてばこころはかえってある種の清涼感に満たされる。「食のおいしさ、眠りのよさ」「日ざしを受ける幸福」——我々があたりまえのものとして看過してしまうものによろこびを感じるのである。

——我は如何なる状《さま》に居るとも、足ることを学びたればなり。——パウロ－ピリピ書
（昭和十三年八月廿九日「其中日記」）

と日記に記す。『聖書』からのパウロのことばである。

安か安か寒か寒か雪雪

（『鉢の子』）

みんな生きている音たてている

雪の降る凍えそうな寒い熊本の街道筋の「ふれ売り」かなにかであろうか。

この句の魅力は、威勢のいい熊本弁の「安か」「安か」という売り声と、それに呼応するごとき「寒か」「寒か」という短い方言、それには「雪」「雪」という短言がふさわしく歯切れがよい。句集『鉢の子』には、「うしろすがた……」の句の前に、「熊本にて」とこの句が並べられている。

昭和六年の一月十日の日記にはこういう記事がある。

今日は金毘羅さんの初縁日で、おまゐりの老若男女が前の街道をぞろ〳〵通る、信仰は寒さにもめげないのが尊い。

ヤス《安》かヤスかサム《寒》かサムか雪雪（ふれ売り一句）

（「行乞記」）

おそらく金毘羅さんの縁日詣で、その人々を目当ての行商か露店であろうか、山頭火の、市井の中で逞しく生きる人間を活写していて魅力的である。

雨の二階の女の一人は口笛をふく

（「行乞記」）

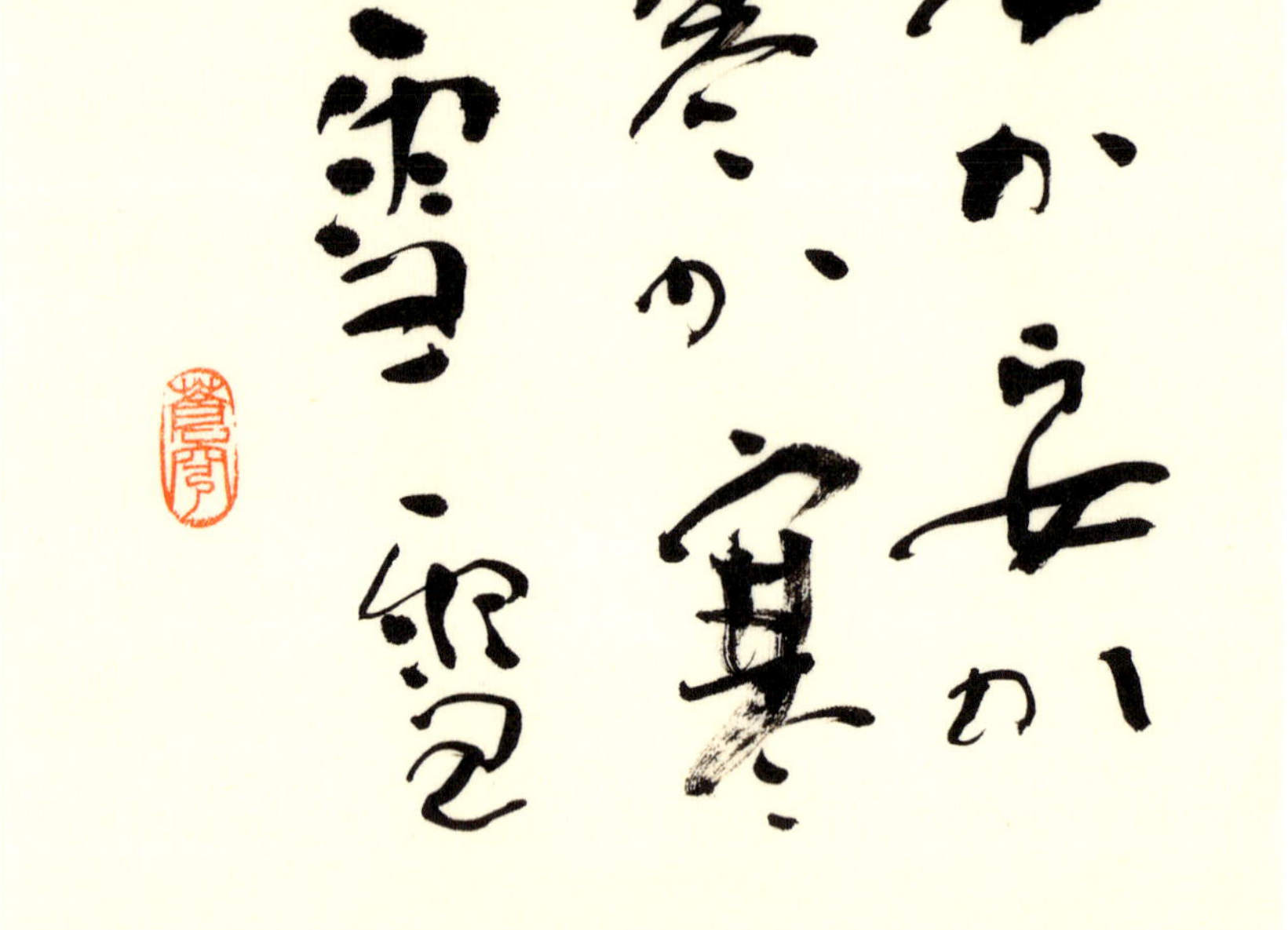

子を負うて魚を売つて暑い坂かな　（「其中日記」）

吹いても吹いても飴が売れない鮮人の笛かよ　（「三八九日記」）

みんな生きている音たてている　（『行乞道草』）

行乞の旅を続けていると、多くの働く庶民の姿が眼に入る。行商人、売春婦、鮮人、日雇い労働者、遍路人。

日傭稼人は朝から晩まで汗水垂らして、男で八十銭、女で五十銭、炭を焼いて一日せい〴〵二十五銭、鮎（球磨川名産）を一生懸命釣つて日収七八十銭、――なるほど、それでは死なゝいだけだ、生きてゐる楽しみはない、――私自身の生活が勿躰ないと思ふ。

（昭和五年九月十六日「行乞記」）

生きたくてドツコイシヨ唄うて歩く　（「風来居日記」）

この句は浮浪者の生き様を詠んだ句であるが、デカンショ節か何かを口ずさみ、それをこころの支えとしてでも生きねばならない人間に対する温かいまなざしがある。

僧形である山頭火は「私は私が不生産的であり、隠遁的であることに」負い目をもって生きてきたという。それゆえ、体を張って生きてゆく庶民の姿に深いまなざしが注がれるのである。

※

また、旅から旅への日々の宿ではさまざまな人間と同宿する。

今夜は同宿者がある、隣室に支那人三連《マヽ》れ大人一人子供二人の、例の大道軽業の芸人である。大人は五十才位の、痘痕のある支那人らしい支那人、子供はだいぶ日本化してゐる、草津節をうたつてゐる、私に話しかけて笑ふ。

（昭和五年十一月十一日「行乞記」）

支那人が越えてゆく山の枯れすゝき　（「行乞記」）
もう逢へまい顔と顔でほゝえむ　（「同」）

山頭火の俳句の一隅に深い人間愛を湛えた句も忘れがたい。そこには貧しくとも逞しく生きるひとびとの姿が活写される。

こんなにたくさん子を生んではだか　（「行乞記」）
水はれいろう泳ぎ児のちんぼならびたり　（『層雲集』）
おしつこさせてゐる陽がまとも　（『其中庵便り』）
お茶をくださる真黒な手で　（「行乞記」）

母と子の素朴な裸形の営み、山頭火のまなざしはそんな人々の姿に視点がそそがれる。そして、やはり人間や生き物が好きなのである。

朝から安来《ヤスキ》節で裏は鉄工所　（「其中日記」）
せつせと田草をとる大きな睾丸　（「同」）

濡れてふたりで大木を挽いてゐる　（「行乞記」）

いつしよにびつしより汗かいて牛が人が　（「同」）


労働する男達の姿に、花鳥風月などを乗り越えた己の人間としての精神を表現してゆく。こういった人々の活写には生来の人間嫌いは影を潜めている。そこには山頭火の理想とする働く人間の姿が其処〳〵にある。

山頭火という人物は普段は明るく社交性のある、ある種の磊落な一面も語られていたようである。


めくらの爺さんで唄うてゐる　（「行乞記」）

日向ぼこして生き抜いてきたといつたやうな顔で　（『一人一草』）

不幸でも、なんでも、それをあまり深刻に考えないで人は生きてゆく。「めくらの爺さん」は乾いた声で歌を唄い淡々と生きているのである。

日常の、ありのままの、それでいて尊い人間の営みの断片に温かいまなざしをそそぐ。


うつくしう飾られた児を見せにくる　（「行乞記」）

水をへだててをとことおなごとの話が尽きない　（「其中日記」）

軒の傾いたまま住んでいる　（「行乞記」）

人のつとめは果たしたくらしの、いちじくたくさんならせてゐる　（「其中日記」）

波の上をゆきちがふ挨拶投げかはしつつ　（「風来居日記」）
島へ花ぐもりの、嫁の道具積んで漕ぐ　（「同」）

最後の二句は昭和十四年の四月十九日、風来居を後にして、江戸時代の俳人である伊那の井月《せいげつ》の墓参をかねた旅行の途中の句である。

そして、この旅の道すがら人々の暮らしの中のうつくしい断片を句に繋いでゆく。「嫁の道具」の句は師崎という海沿いの村から三里ほど歩いて、三時の船で福江へ行った時の句である。

山頭火は「俳句は微笑である。」ともいう。着飾らせた子供を見せにくる親心。川を隔てた若い男女の会話、海を行く嫁入り道具。老人たちのつつましい生き様。人の暮らしの中のありのままの人生への温かいほほえみである。

「あたりまえのもの、すなほなもの、ありのままのもの」へのまなざしが、「微笑」となって綴られる。そこには深い「人間への愛」が根底にある。

木朗第二世の誕生をよろこぶ
雪あかりの、すこやかな呼吸　（「其中日記」）
ほんに生まれて来たばかりの眼をあけて　（「風来居日記」）

馬も召されておぢいさんおばあさん（『銃後』）

馬も人も元気なのはどんどん出て征く

昭和十二年には日支事変が勃発した。現実に実参しない山頭火は戦争にも無縁な日々を生きていた。若い人々は戦いのために召集され、日本を離れてゆく。馬までも船に乗せられて連れて行かれた。馬の積み込みは港でクレーンで吊り下げられて船に乗せられたという。

馬馬あすは征く馬の顔顔顔　（「一草庵日記」）
母一人子一人の召されていつた　（「同」）
馬も召されておぢいさんおばあさん　（『銃後』）

馬も、母一人子一人であっても元気なものはすべて招集されてゆく。この句の場合は息子も戦争にとられたのであろう。そして、馬までも召されて、後に残るのは取り残されたような老人ばかり、その悄然とした老夫婦に対する山頭火のまなざしは悲しい。

句作三十年、俳句はほんたうにむつかしいと思ふ。
俳句は自然のままがよい、自己をいつはらないことである、よくてもわるくても、自、分、を

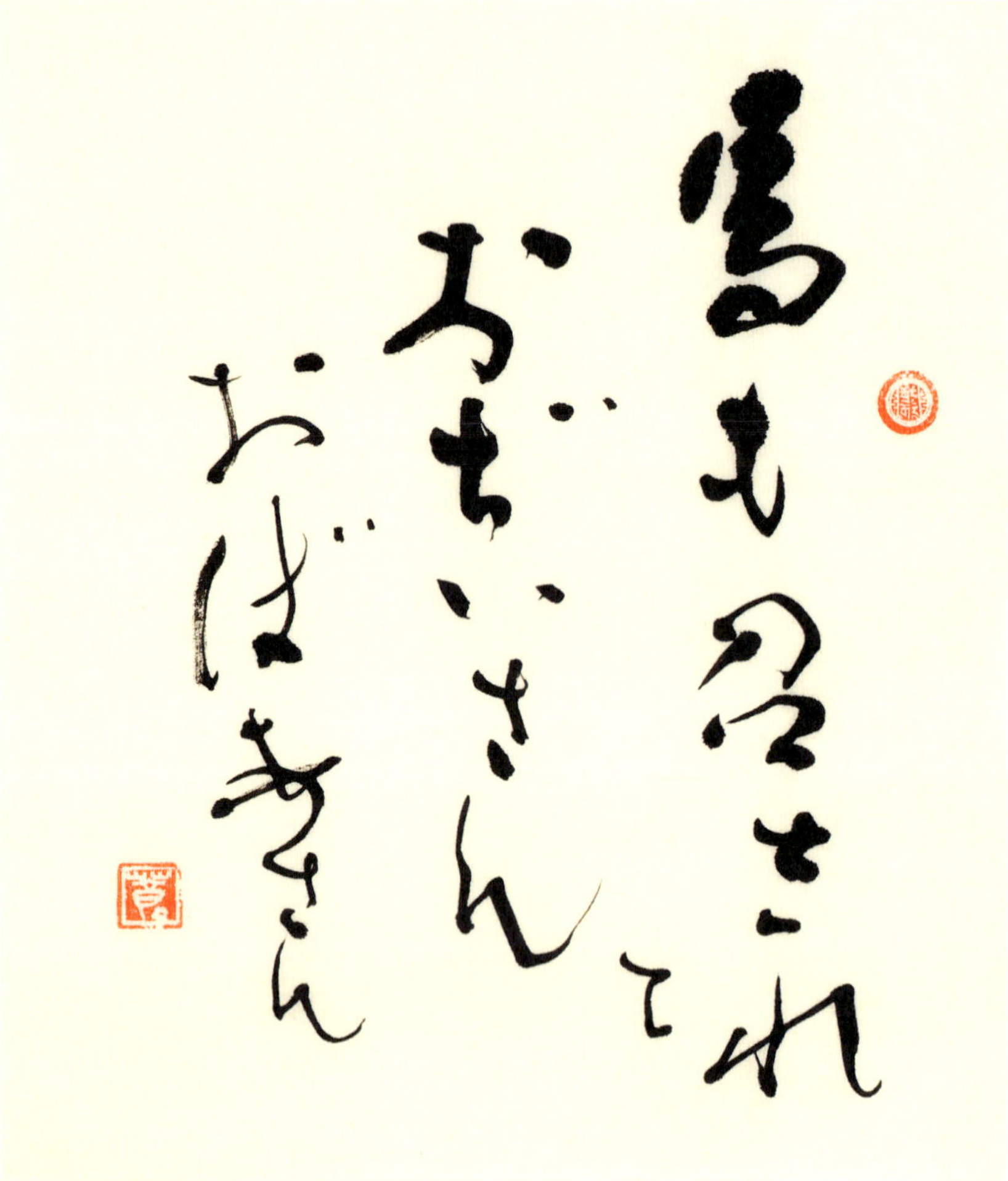
雪も召されて
おぢいさん
おばあさん

あるじとする句でなければならない。

私はこの境地におちついて、かへりみてやましくない句を作りたい。

（昭和十二年十二月卅一日「其中日記」）


という。「自分をあるじとする句」、己の視座を中心として、自然や人間や己を句に紡いでゆく山頭火のこころである。

遺骨を抱いて帰郷する父親
ぽろぽろしたたる汗がましろな函に　（『銃後』）
お骨声なく水のうへをゆく　（『同』）

十二時過ぎて、その汽車が着いた、あゝ二百数十柱！　声なき凱旋、――悲しい場面であつた。

白い函の横に供へられた桔梗二三輪、鳩が二三羽飛んで来て、空にひるがへる、すすり泣きの声が聞える。弔銃のつゝましさ、ラッパの哀音、――行列はしゆく〳〵として群集の間を原隊へ帰つて行つた。……

（昭和十三年七月十一日「其中日記」）

戦傷兵士
足は手は支那に残してふたたび日本に　（『銃後』）

この句は東北福祉大学のジョン・スティーブンス氏によって英訳がなされている。

Leaving hands and feet Behind in China
The soldiers return to Japan.

氏は、次のように述べている。

山頭火にとって、彼の禅とは俳句の道に、身をゆだねることであった。私は山頭火の俳句には普遍的な魅力があることを確信した。彼は我々世紀の人であり、ヨーロッパの文学、戦争の恐怖、現代の生活の諸々の矛盾をよく知っていた。

（「山頭火の詩と彷徨」雑誌『あるふぁ』）

山頭火の「己をあるじ」とする厳然たる禅的な視座が、国境を越え、一つの普遍性をもって、人々の胸に響いてゆくのであろう。

戦争の恐怖。首に戦死した息子の遺骨をさげた父親。白い肉親の遺骨の函に汗をしたたらせる人間。手足をなくした傷痍軍人の姿。山頭火の眼には戦争によって引き裂かれた人間の実相しか写らない。

天われを殺さずして詩を作らしむ
われ生きて詩を作らむ
われみづからのまことなる詩を

（『銃後』冒頭文）

この言葉は山頭火の俳句に対する一つの矜持である。

歓　送

これが最後の日本の御飯を食べてゐる、汗　（『銃後』）
街はおまつりお骨となつて帰られたか　（『同』）

人生

濁れる水の流れつつ澄む　（『一人一草』）

おのれの「愚」を知るということ

山頭火の人間としての生涯を思うとき、その精神的な象徴がこの句に最も込められているように思える。

　あるときは澄み、あるときは濁る、そして流れ動かないではゐられない。——これが私の性情だ。湛へて澄む——行ひすますことは、私には不可能だ。

（昭和十年六月二十四日「其中日記」）

「あるときは澄み」とは、禅門でいう、自己を放下し、悟達の境地に精神を浄化することであろうが、常に「湛えて澄む」という状態には山頭火はなりきれなかったのであろう。一方で、人間の絶ちがたい煩悩が「濁る」という状態で交錯するのである。

山頭火の出家は過去の自己の清算とこころの浄化がその動機であったことは以前にも述べたが、この句では「濁りつつ」も「澄む」という状態に、自己を立て直そうとするこころがあらわれている。

　すなほに。——行住坐臥、いつでも、どこでもすなほに。善悪、生死、すべてに対してすなほに。純なる熱情、唯一念を持して。

　芸道といふことについて。——執着を去れ、酒から作句から、私自身から。

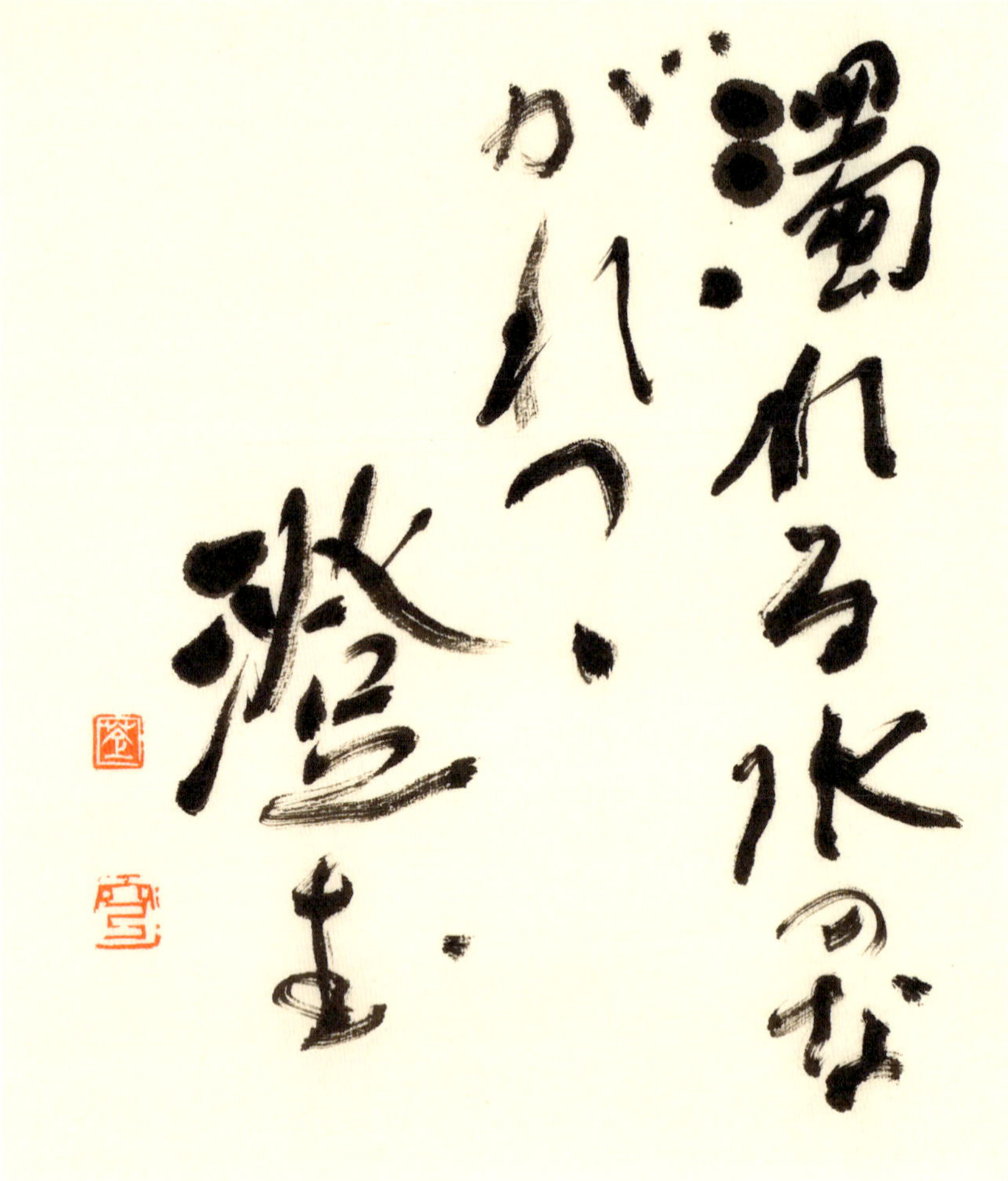
濁れる水のながれつゝ澄む

（昭和十年六月二十四日「其中日記」）

私自身から離れるということは、己の「濁り」を自覚することからはじまる。自己を凝視しなければ放下することもできない。濁れる水が流れてゆくうちにだんだんと澄んでゆく。この情景は、或いは山頭火の人生の理想の形であるのかもしれない。

煩悩に苛まれ、自己を責めつつも、精神の浄化を思うこころの心象をこの句は表現していて味わい深い。

彼の俳句は禅的清澄の世界を希求しつつも、そこに到達できない人間のこころの懺悔と自嘲が、ある種の「人間臭」をたたえて我々に迫ってくる。

落葉ふる奥ふかくみほとけをみる　（『其中一人』）

こゝにかうしてみほとけのかげわたしのかげ　（『其中庵便り』）

と仏と対座するも、

ほんとうの自分をとりもどす。
澄むなら澄みきれ、濁るなら濁りきれ、しかし、或は澄み或は濁り、いや、澄んだらしく、濁つたらしく、矛盾と中途半端とを繰り返すのが、私の性情らしい。

（昭和七年十一月廿六日「其中日記」）

ともいう。そういう性情を流れつつ澄んでゆく川の流れに己の有り様を希求するこころである。

一方では自己の執着を、

捨てきれない荷物のおもさまえうしろ　（『鉢の子』）

と自戒する。過去を捨て去ることが出家得度であるのに、その過去を己を捨てきれない執着の重苦しさに苦しむのである。

荷物の重さ、いひかへれば執着の重さを感じる、荷物は少くなつてゆかなければならないのに、だんだん多くなつてくる、（昭和五年十一月廿四日「行乞日記」）

という自己矛盾。

百舌啼いて身の捨てどころなし　（『鉢の子』）
どうしやうもないわたしが歩いてゐる　（『同』）
風の中おのれを責めつつ歩く　（『狐寒』）

これら一連の句は、悟達できない自己の内面を凝視する山頭火のこころであろう。しかし、人間の愚をも含めて己自身を知るということが、すなわち、「流れつつ澄む」という境地に繋がってゆくのではなかろうか。或いはこういうことも言っている。

煩悩執着を放下することが修行の目的である、しかも修行しつつ、煩悩執着を放下してしまうことが、惜しいやうな未練を感ずるのが人情である。言ひ換へると、煩悩執着が無くなつてしまへば、生活——人生——人間そのものが無くなつてしまうやうに感じて、放下したいやうな、したくないやうな弱い気を起すのである。こゝもまた透過しなければならない一関である。

（昭和九年五月廿二日「其中日記」）

このことは禅と文学との葛藤であるともいえる。あまりにも宗教的に悟達すれば文学は枯渇してしまうであろう。放下を求めるが、そこに到達できないおのれの愚を責めることが、かえって山頭火という俳人の誠実な人間像が浮かび上がってくる。そのことが、句となり、ある種の人間臭となって我々に迫ってくるのである。そしてまた言う。

或る時は澄み或る時は濁る。——澄んだり濁つたりする私であるが、澄んでも濁つても、私にあつては一句一句の身心脱落であることに間違ひはない。

（中略）そして老来ますます惑ひの多いことを感じないではゐられない。かへりみて心の脆弱、句の貧困を恥ぢ入るばかりである。

（昭和十年十二月二十日『雑草風景』後記）

この清濁混沌とした俳句の一句一句が、自分にとって、「身心脱落であることに間違いはない」と言い切っている。詩人としては清でも濁であっても「句」に命を賭することこそが、禅のいう悟りの境地である「身心脱落」に通じることを、ある種の矜持をもってその心情を吐露している。しかし、まだまだその境地に達しないことを恥じているのである。

ひつそり生きてなるやうになる草の穂

（「即興句」）

たとへ生まれ代わるにしても、私はやっぱり、日本の、山頭火でありたい

この句は昭和十三年十一月、荒廃した其中庵を出て湯田温泉の近くの「風来居」に居を構えた頃の句である。山頭火五十六歳。その死の二年前の作品である。

人を離れて一人住んでゐると、ともすれば死にたくなる、といへばいひすぎるかも知れないが、生きてゐたいと思はなくなる――死んでもよいと思ふやうになる、私にはさういう傾向が強いやうだ。

（昭和十三年十月十一日「其中日記」）

ひつそり生きてなるやうになる草の穂

こういう精神状態の果てのこの句である。「なるやうになる」とは一見諦めのようであるが、自分の生をひそやかなものとして、生にも死にも拘泥せず、草の穂が風に身をまかせて揺れているように生きてゆこうとするこころが見え隠れする。

少し時代は溯るが、其中庵時代には山頭火には次のような考え方があったようだ。

無理をするな、あせるな、いら〱するな、なるやうになれ、ばた〲するな、流れる

まゝに流れてゆけ。

（昭和十一年十一月二日「其中日記」）

ひっそりと生きつつもなるようにしかならないと己が生を是認するのも一つの英知であり、いい意味での諦念である。

今夜は寝苦しかつたが、やうやくにして寝ついた。
胃の強くない人は、食べすぎてはならない、飲みすぎてはならない、同様に心の弱い人は、知りすぎてはならない、考へすぎてはならない。
たとへ生れ代るにしても、私はやつぱり、日本の、山口の、山頭火でありたい。

（昭和十三年十月廿三日「其中日記」）

この日記は、ある諦念に達した心境を記している。こころの弱い人間は生や死のことなどを「考へすぎてはならない」のである。すなわち、飃々として風のように、「なるようにしかならない」人生を生きることなのである。

そして彼は、たとへ生まれ代わるにしても、己の業《ごう》に従って苦しみながらも単独者として生き抜いた、日本の漂泊の俳人である山頭火でありたいと思うのである。

山頭火は句集『柿の葉』の後記に次のような句を載せている。

やつぱり一人がよろしい雑草
やつぱり一人はさみしい枯草

山頭火の業ともいえる性情はこの二句に凝縮して表れている。

一草庵

おちついて死ねさうな草萌ゆる

（『一人一草』）

山頭火終焉の地「一草庵」

一茎草を拈じて丈六の仏に化することもわるくないが、私は草の葉の一葉で足りる。足りるところに、私の愚が穏坐してゐる。

（随筆「白い花」）

昭和十四年、山頭火は海を越えて四国に旅立ち、四国巡礼を経て、松山市城北、御幸山麓御幸寺境内に庵住することになった。その庵は「一草庵」と命名されるが、この松山で一年をまたず、この地が山頭火の終焉の地となる。

一草庵――こゝは一洵老に連れられて来た温室であり澄太老が名づけてくれた愛名ではある、一木一草と雖も宇宙の生命を受けて、ひたすら感謝の生活をつづけてゐる、感謝の生活をしろよとは澄太の心でもあつたらう。

（昭和十五年九月十一日「一草庵日記」）

一洵と澄太の斡旋で得た終の棲家である。

わが庵は御幸山裾にうづくまり、お宮とお寺とにいだかれてゐる。

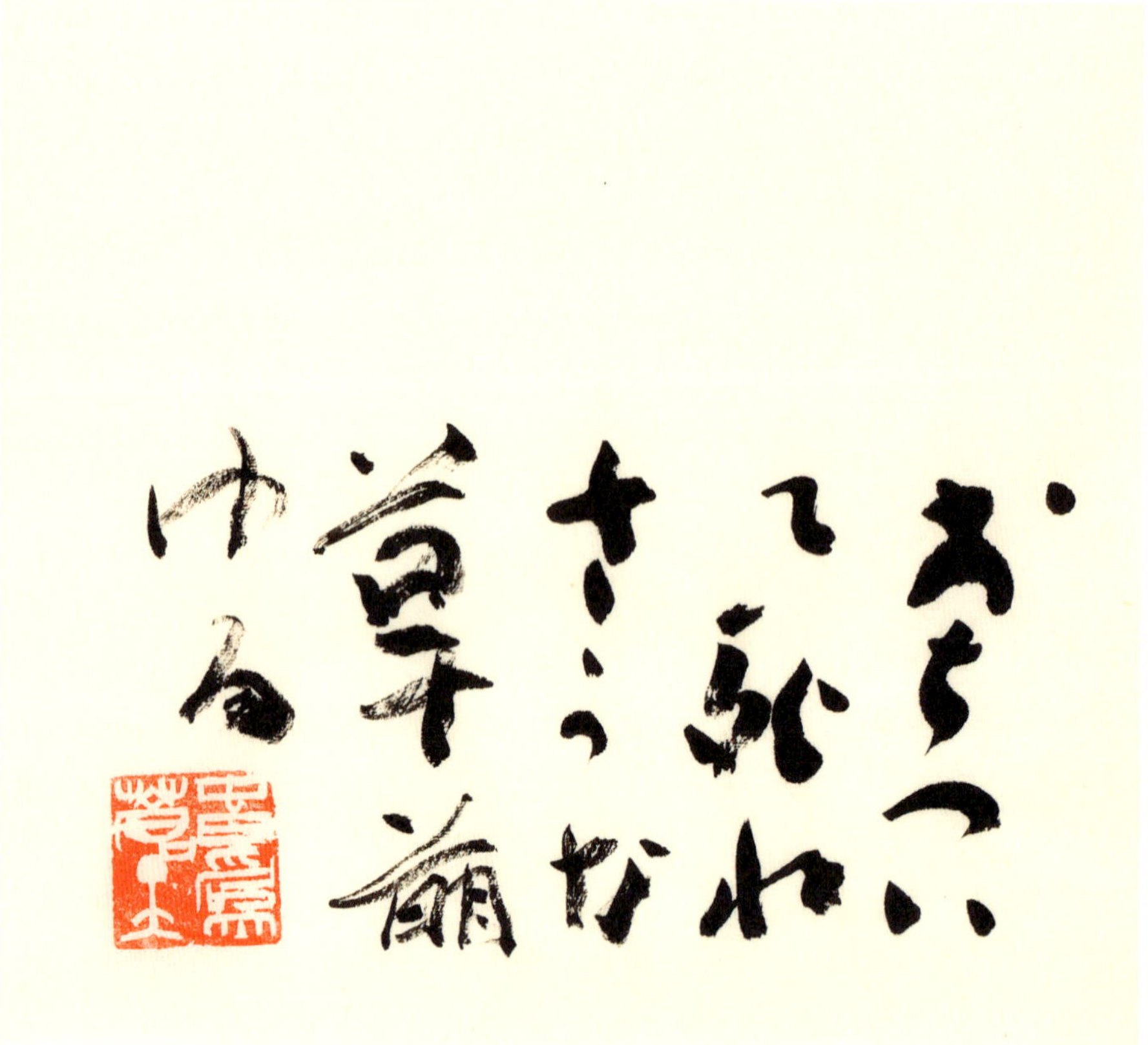
おちついて死ねさうな草萌ゆる

老いてはとかく物に倦みやすく、一人一草の簡素で事足る、所詮私の道は私の愚をつらぬくより外にはありえない。

おちついて死ねさうな草萌ゆる　（『一人一草』）

この句は、一草庵の頃の句集『一人一草』の冒頭に置かれた次の句と対になっている。

おちついて死ねさうな草枯るる　（『一人一草』）

その句には詞書が添えられている。

（死ぬることは生れることよりもむつかしいと、老来しみじみ感じないではゐられない）

常に死の意識にとらわれ、自殺を繰り返すも死にきれなかった来し方を経てきた果てのある種の達観したことばのようでもある。

ある日、ふと草に倒れ伏すように死を迎えられたら、という心情であろうか。

山頭火は、この道後温泉のある松山を己の終焉の場と予感し、また、そのことを望んでいたようである。そこはおちついて死を迎えられる雰囲気があり、苛酷な四国巡礼の果ての安らぎがあった。

どこで倒れてもよい山うぐひす　（「行乞記」）

つく〴〵思ふ、人間の死所を得ることは難いかな、私は希ふ、獣のやうに、鳥のやうに、
せめて虫のやうにでも死にたい、

（昭和十四年八月廿六日「風来居日記」）

山頭火にはこの句のような生死感があった。

ある雑誌の対談で臨済宗相国寺派七代管長である有馬頼底氏は、住職をも務める銀閣寺でこのようなことを言っておられた。

「私は生涯、世界中を行脚して、ある日どこか田んぼの畦道を歩きながら、ぱったり倒れるのが理想なのです。」と。

禅の世界では生死を超越して、人間も鳥やけもののように自然に死んでゆくことをいう。山頭火もここ一草庵に居住して、このような死に対する恬淡とした境地に入っていったようである。

伊予路の春は日にましうつくしくなります、私もこちらへ移つて来てから、おかげでしごくのんきに暮らせて、今までのやうに好んで苦しむやうな癖がだん〳〵矯められました。

……

おちついて死ねさうな草萌ゆる

（昭和十五年三月十二日「一草庵日記」）

大山澄太は一草庵における山頭火を《坐を定めたる山頭火》と評しているが、以前のような絶望的な死に対する渇望は影をひそめ、死というものが訪れれば静かにそれを受け入れるというおちつきが山頭火のこころに定まってきたようである。

一草庵では月一度句会が催されていた。

夕方から柿の会三月例会、一洵、三土思、無水、藤君、和蕾の五君だけ来庵、今晩は女性を欠いだ、なごやかな句座であつた、席上で朱鱗洞句碑建立の具体案がや、まとまつたのはよかつた、十一時頃散会。

（昭和十五年三月二十日「一草庵日記」）

句会や吟行。色紙の揮毫、書簡、日記や句稿の整理、山頭火一代句集の推敲など、本来の俳人としての生活が続いたが、相変わらずの貧乏な暮らしは変わりなかった。

生死《しょうじ》の中を雪ふりしきる　（『鉢の子』）

道元の『修証義』に「生を明らめ死を明らむるは、仏家の一大事の因縁なり。生死の中に仏あれば生死なし。」という。このことを端的にいえば、生死は仏の意志の世界であって、人間のかかわるべき世界でない、仏の意志にまかせよということであろう。また、「生死」はその言葉どおりの意味のほかに人間の「迷い」という意味もある。山頭火のこの句の「生死」は、その迷いを超越して人間の生や死にかかわらない精神を根底に湛えているのではなかろうか。

この句は『鉢の子』に収められたものであるが、この「生死の中に仏あれば生死なし」という禅のことばは、以前から山頭火の意識に常に去来していたものと考えられる。

四時半起床、今朝はつきりと蜩を聴いた、よい響、好きな響である。

絶食――梅茶、いつでも死ねる用意、生死一如の心がまへ、生を明きらめ死を明きらむるは仏家一大事の因縁なり――生死を超越したる境地――無我、無心、愛――無礙遊行――出かけなければならない――何となしに。

（昭和十五年八月九日「一草庵日記」）

一草庵に来てからの山頭火は、よき庵や友にも恵まれ、御幸寺境内という宗教的な環境にかこまれて、東雲神社、護国寺の太鼓の音を聴きながら、貧しかったが、以前のような死の憧憬は影をひそめていった。ようやくにして、山頭火のこころにも「生を明きらめ死を明きらむるは仏家一大事の因縁なり」という生死を超越した心境に近づいてきたようである。

この「生死の中を」の句は、我々現代人の「生死観」にもなにものかを考えさせる一句でもある。

※

昭和十五年十月十日。その日は一草庵で「柿の会」の句会が催されていた。句会を抜け出した山頭火は隣室で眠りにつき、それこそ、「草のしとね」に寝るごとく翌朝の未明に静かに息を引き取っていたという。享年五十九歳、診断は心臓麻痺であった。

あとがき

山頭火の句には強く引かれるものがあり、これまでに二度作品に書かせていただいた。「まつたく雲がない笠をぬぎ」と「さんざしぐれの山越えてまた山」の二句。新鮮なひびきとリズムの良さに誘われてのことである。

一体、そのひびきとは何か、今回はひとつひとつの句とのかかわりを大切にしながら、ゆっくり噛みしめることに努めた。

書は言葉から受ける感動を筆に託すものである。私は何度も声にして読み、伝わるひびきに耳を傾けた。それはやさしさ、寂しさ、哀しさ、時にはつよさ、はかなさであろうか。いずれも山頭火の正直な心の迸《ほとばし》りに思え、愛しささえ感じた。勿論、山村　曠氏の解説文に力をいただいたことは言うまでもない。

酒にまつわる句等、少しでも山頭火の酔いに近づければと筆を動かした。酒を傍《かたわら》にした人の句を、飲んべぇーの字書きが書作させていただいた。本書を手にされる方も、ほろ酔い気分で御覧いただければと思う。

永守蒼穹

参考文献

定本　種田山頭火句集　彌生書房
草木塔　句集　春陽堂
あの山越えて　行乞記（一）　春陽堂
死を前にして歩く　行乞記（二）　春陽堂
山村庵記「其中日記」（一）　春陽堂
ふるさとの山「其中日記」（二）　春陽堂
一握の米「其中日記」（三）　春陽堂
ぐうたら日記「其中日記」（四）　春陽堂
みちのくまで「其中日記」（五）　春陽堂
酒のある人生「其中日記」（六）　春陽堂
貧乏の味「其中日記」（七）　春陽堂
風来居日記　春陽堂
一草庵日記　春陽堂
随筆　春陽堂
山頭火　句と言葉　春陽堂
あの山越えて　大山澄太編　潮文社
この道をゆく　大山澄太編　潮文社
愚を守る　大山澄太編　潮文社
草木塔（自選句集）　潮文社
山頭火の秀句　上田都史著　潮文社
山頭火を語る　荻原井泉水　伊藤完吾編　潮文社
精選　山頭火遺墨集　思文閣出版
種田山頭火句碑百選　藤津滋生編　山文舎
Santōka　英訳本　ピエ・ブックス
漢詩による山頭火の世界　李芒著　春陽堂書店
雑誌『あるふぁ』創刊4号　山頭火の詩と彷徨　毎日新聞社

山村　曠（やまむら　こう）
一九四一年、奈良県生まれ。関西大学大学院文学部国文学科修士課程修了。短歌結社『青樫』同人。創玄書道会大島柏苑氏に師事。短歌・俳句・詩など韻文を主とした研究に専念。

永守蒼穹（ながもり　そうきゅう）
一九五〇年、熊本県生まれ。金子鷗亭に師事。現在、日展会友、毎日書道展審査会員、創玄書道会常務理事・事務局長、跡見女子大学講師、大東文化大学講師。

山頭火《さんとうか》　俳句《はいく》のこころ書《しょ》のひびき

二〇一〇年三月一日　初版印刷
二〇一〇年三月一五日　初版発行

著　者　山村《やまむら》　曠《こう》
　　　　永守《ながもり》蒼穹《そうなが》
発行者　黒須雪子
発行所　株式会社　二玄社
　　　　東京都千代田区神田神保町二－二　〒101－8419
営業部　東京都文京区本駒込六－二－一　〒113－0021
　　　　電話　〇三－五三九五－〇五一一
装　丁　加藤雅春
印刷所　図書印刷株式会社
製本所　株式会社　積信堂
ISBN978-4-544-20018-8